H.G. WELLS
A GUERRA DOS MUNDOS

Tradução
Cassius Medauar

H.G. WELLS

A GUERRA DOS MUNDOS

Principis

Esta é uma publicação Principis, selo exclusivo da Ciranda Cultural
© 2021 Ciranda Cultural Editora e Distribuidora Ltda.

Traduzido do original em inglês
The war of the worlds

Produção editorial
Ciranda Cultural

Texto
H. G. Wells

Diagramação
Linea Editora

Tradução
Cassius Medauar

Design de capa
Wilson Gonçalves

Preparação
Edna Adorno

Imagens
delcarmat/shutterstock.com

Revisão
Valquíria Della Pozza

Dados Internacionais de Catalogação na Publicação (CIP) de acordo com ISBD

W453g	Wells, H. G.
	A guerra dos mundos / H. G. Wells ; traduzido por Cassius Medauar. - Jandira : Principis, 2021.
	208 p. ; 15,5cm x 22,6cm. - (Clássicos da Literatura Mundial)
	Tradução de: The war of the worlds
	ISBN: 978-65-5552-287-7
	1. Literatura inglesa. 2. Romance. 3. Ficção. I. Medauar, Cassius. II. Título. III. Série.
	CDD 823
2021-1420	CDU 821.111-31

Elaborado por Odilio Hilario Moreira Junior - CRB-8/9949

Índice para catálogo sistemático:
1. Literatura inglesa: Romance 823
2. Literatura inglesa: Romance 821.111-31

1ª edição em 2021
www.cirandacultural.com.br
Todos os direitos reservados.
Nenhuma parte desta publicação pode ser reproduzida, arquivada em sistema de busca ou transmitida por qualquer meio, seja ele eletrônico, fotocópia, gravação ou outros, sem prévia autorização do detentor dos direitos, e não pode circular encadernada ou encapada de maneira distinta daquela em que foi publicada, ou sem que as mesmas condições sejam impostas aos compradores subsequentes.

Mas quem habitará esses mundos se eles não forem habitados? Seremos nós ou eles os Senhores do Mundo? E como são feitas todas as coisas para o homem?

– KEPLER (citado em *A anatomia da melancolia*)

SUMÁRIO

Livro 1 – A chegada dos marcianos 9

Às vésperas da guerra 11

A Estrela Cadente..18

No campo em Horsell...23

O cilindro se abre 27

Raio de calor 31

O raio de calor na estrada de Chobham...36

Como cheguei até a minha casa 39

Noite de sexta-feira 44

A luta começa 48

Na tempestade 55

Na janela...62

O que eu vi da destruição de Weybridge e Shepperton 69

Como eu me entendi com o cura...81

Em Londres...87

O que aconteceu em Surrey 99

O êxodo de Londres.. 108

A *Criança Trovão*... 122

Livro 2 – A Terra sob o domínio dos marcianos............................. 133

Vencidos... 135

O que vimos da casa arruinada 143

Os dias de encarceramento 153

A morte do padre 159

A calmaria 164

O trabalho de quinze dias 168

O homem na colina de Putney 172

Londres morta 189

Os escombros... 198

Epílogo 204

LIVRO 1

A CHEGADA DOS MARCIANOS

ÀS VÉSPERAS DA GUERRA

Ninguém teria acreditado nos últimos anos do século XIX que este mundo estava sendo vigiado de perto e atentamente por inteligências mais avançadas que as humanas e, ainda assim, tão mortais quanto; que, à medida que os homens se envolviam com suas várias preocupações, eram examinados e estudados, talvez quase tão estreitamente quanto se examinam com microscópio as criaturas transitórias que se aglomeram e se multiplicam em uma gota d'água. Com infinita complacência, os homens iam e vinham por todo o mundo cuidando de seus pequenos negócios, serenos em sua certeza de seu domínio sobre a matéria. É possível que os protozoários sob o microscópio façam o mesmo.

Ninguém pensou nos mundos mais antigos do espaço como fontes de perigo para os humanos, nem pensou neles apenas para descartar a ideia de vida nesses planetas, pois isso seria impossível ou improvável. É curioso relembrar as ideias daqueles tempos remotos. A maioria dos homens imaginava poder haver outros homens em Marte, mas inferiores e prontos para receber um empreendimento missionário. No entanto, do outro lado do espaço, há mentes que são para nossas como as nossas são para as dos animais que perecem. Intelectos vastos, frios e antipáticos encaravam a Terra, e com olhos invejosos de forma lenta e segura desenhavam seus planos contra nós. E, no início do século XX, veio a grande desilusão.

O planeta Marte, preciso lembrar o leitor, gira em torno do Sol à distância média de 230 milhões de quilômetros, e a luz e o calor que recebe do Sol são quase metade dos que são recebidos por este mundo. Ele deve ser, se a hipótese nebular tiver algo de verdadeiro, mais antigo que o nosso mundo; e muito antes de a Terra deixar de ser um mundo em formação, a vida em sua superfície pode ter começado seu curso. O fato de ter apenas um sétimo do volume da Terra certamente acelerou seu resfriamento até a temperatura em que a vida teria começado. Tem ar e água e tudo o que é necessário para dar suporte à existência.

No entanto, o homem é tão vaidoso e cego pela vaidade que até o fim do século XIX nenhum escritor expressou ideia alguma de que por lá, fora de lá ou em qualquer lugar além da esfera terrestre pudesse ter havido o desenvolvimento de vida inteligente. Tampouco se entendeu que, como Marte é mais antigo que a nossa Terra, tem apenas um quarto de área superficial e está mais longe do Sol, ele provavelmente não só começou antes de nós, mas também está próximo do fim.

O resfriamento secular que um dia há de tomar nosso planeta já foi bem longe com nosso vizinho. Sua condição física ainda é em grande parte um mistério, mas sabemos agora que, mesmo em sua região equatorial, a temperatura do meio-dia mal se aproxima da nossa temperatura no mais frio dos invernos. Seu ar é muito mais rarefeito que o nosso, seus oceanos encolheram até cobrir apenas um terço de sua superfície, e, à medida que mudam suas lentas estações, enormes calotas de neve se acumulam e derretem em ambos os polos e periodicamente inundam suas zonas temperadas. Esse último estágio de exaustão, que para nós ainda é incrivelmente remoto, é o problema que os habitantes de Marte enfrentam no presente.

A pressão imediata da necessidade iluminou-lhes o intelecto, ampliou-lhes o poder e endureceu-lhes o coração. E olhando espaço adentro, com inteligências e instrumentos jamais sonhados, eles nos veem, à distância mais próxima de apenas 56 milhões de quilômetros em relação ao Sol, como estrela matinal de esperança, como planeta mais quente que o deles, verde pela vegetação, cinza pela água, com atmosfera nublada e eloquente fertilidade, com vislumbres em meio a nuvens flutuantes, amplas extensões de países populosos e mares estreitos repletos de navios.

E nós, homens, as criaturas que habitam esta Terra, devemos ser para eles, pelo menos, tão estranhos e simplórios quanto são para nós os macacos e os lêmures. O lado intelectual do homem já admite que a vida é uma luta incessante pela existência, e aparentemente é nisso também que acreditam as mentes de Marte. Seu mundo está bem adiantado em seu resfriamento, e este mundo ainda está cheio de vida, mas povoado apenas com o que eles consideram animais inferiores. Realizar a guerra mais perto do Sol é, de fato, a única saída em face da destruição que, geração após geração, recai sobre eles.

E antes de julgá-los tão severamente, devemos lembrar a destruição implacável e total que nossa própria espécie infligiu, não apenas aos animais, como os bisontes desaparecidos e os dodôs, mas a raças humanas mais fracas. Os tasmanianos, apesar de tão humanos quanto elas, foram completamente varridos da existência em uma guerra de extermínio travada por imigrantes europeus, no espaço de cinquenta anos. Somos apóstolos da misericórdia a ponto de reclamar se os marcianos guerreiam no mesmo espírito?

Os marcianos parecem ter calculado sua descida com incrível precisão – seu saber matemático evidentemente excede em muito o nosso – e realizado seus preparativos quase à perfeição. Se nossos instrumentos permitissem, poderíamos ter percebido o problema crescente no século XIX. Homens como Schiaparelli observaram o planeta vermelho – e é curioso que por incontáveis séculos Marte tenha sido considerado o astro da guerra –, mas falharam em interpretar as aparentes flutuações das marcações que eles mapeavam tão bem. É bem provável que durante esse tempo os marcianos estivessem se preparando.

Em 1894, quando a Terra ficou em oposição a Marte, uma grande luz foi vista na parte iluminada do disco, primeiro no Observatório Lick, depois por Perrotin, de Nice, depois por outros observadores. Os leitores ingleses ouviram falar dele pela primeira vez na edição da revista *Nature* de 2 de agosto. Estou inclinado a pensar que o clarão pode ter sido a fusão da enorme arma, no vasto poço enterrado fundo no planeta, do qual seus projéteis foram disparados contra nós. Marcas peculiares, ainda inexplicáveis, foram vistas perto do local da explosão durante as duas oposições seguintes.

A tempestade caiu sobre nós já faz seis anos. Quando Marte se aproximou da oposição, Lavelle, de Java, deixou a comunidade astronômica exultante com a fantástica descoberta de uma enorme erupção de gás incandescente sobre o planeta. Ocorreu perto da meia-noite do dia 12; e o espectroscópio, ao qual ele recorreu de imediato, indicava uma massa de gás flamejante, principalmente hidrogênio, movendo-se com enorme velocidade rumo a este planeta. Esse jato de fogo se tornaria invisível por volta de meia-noite e quinze. Ele comparou aquilo a uma nuvem colossal de chamas que, de forma repentina e violenta, esguichou para fora do planeta "do mesmo jeito que gases flamejantes saem de armas de fogo".

Uma frase que se provou singularmente apropriada. Mesmo assim, no dia seguinte nada disso foi noticiado nos jornais, a não ser por uma notinha no *Daily Telegraph*, e o mundo continuou desconhecendo um dos perigos mais graves que já ameaçaram a raça humana. Eu nem teria ouvido falar da erupção se não tivesse me encontrado com Ogilvy, o conhecido astrônomo, em Ottershaw. Ele estava imensamente empolgado com as notícias e, dominado por seus sentimentos, convidou-me a acompanhá-lo naquela noite em um exame minucioso do planeta vermelho.

Apesar de tudo o que aconteceu desde então, ainda me lembro dessa vigília de maneira muito distinta: o observatório escuro e silencioso, a lanterna sombria no canto lançando um brilho fraco no chão, o tique-taque constante do mecanismo de relógio do telescópio, a pequena fenda no teto, com sua profundidade oblonga pela qual se via uma faixa de poeira estelar. Ogilvy se movia, invisível, mas audível. Olhando pelo telescópio, víamos um círculo de azul profundo e o planetinha redondo nadando naquele campo. Parecia uma coisa tão pequena, tão brilhante, ínfima e imóvel, levemente marcada com listras transversais, praticamente um círculo perfeito um pouco achatado. Mas tão pequenino, de um prateado tão quente... era um alfinete de luz! Parecia que estava tremendo, mas, na verdade, era o telescópio que vibrava com a atividade do mecanismo de relógio que mantinha o planeta visível.

Enquanto eu observava, o planeta parecia aumentar e diminuir, avançar e retroceder, mas isso era simplesmente porque meus olhos estavam cansados. Estava a 64 milhões de quilômetros de nós, mais de 64 milhões de quilômetros de vazio. Poucas pessoas percebem a imensidão do vazio na qual flutua a poeira do universo material.

Dentro do campo visual, lembro-me, havia três pontos fracos de luz, três estrelas telescópicas infinitamente remotas na escuridão insondável do espaço vazio ao redor. É a escuridão que vemos em noite gelada e estrelada. No telescópio, parece muito mais profunda. E invisível para mim porque era pequena e estava muito distante, voando rápida e firmemente em minha direção por aquela distância incrível; aproximando-se a cada minuto por tantos milhares de quilômetros, veio a Coisa que eles estavam nos enviando, a Coisa que traria tanta luta, calamidade e morte à Terra. Eu jamais teria sonhado com aquilo enquanto observava o espaço; ninguém na Terra sonhava com aquele míssil infalível.

Naquela noite, houve outra erupção de gás vinda do planeta distante. Eu a vi. Um clarão avermelhado na borda, uma leve projeção do contorno, assim que o cronômetro atingiu a meia-noite; logo contei a Ogilvy e ele tomou o meu lugar. A noite estava quente e eu tinha sede. Saí para esticar as pernas, andando desajeitadamente e tateando para encontrar o caminho no escuro, indo em direção à mesinha onde ficava o sifão. Enquanto isso, Ogilvy soltava exclamações diante do jorro de gás que vinha em nossa direção.

Naquela noite, outro míssil invisível partiu de Marte para a Terra, apenas 24 horas menos um segundo após o primeiro. Lembro-me de que me sentei diante da mesa na escuridão, com manchas verdes e carmim nadando diante dos meus olhos. Eu precisava de claridade para poder fumar, mas nem suspeitava do significado do brilho minúsculo que eu tinha visto e tudo o que aquilo me traria no momento. Ogilvy observou até uma da manhã e depois desistiu; acendemos a lanterna e fomos para a casa dele. Lá embaixo, na escuridão, Ottershaw, Chertsey e todas as centenas de pessoas dessas cidades dormiam em paz.

Naquela noite, ele estava cheio de especulações sobre a condição de Marte e zombou da ideia vulgar de existirem habitantes que nos mandavam sinais. Ele achava que meteoritos pudessem estar caindo como uma forte chuva sobre o planeta ou que por lá havia uma enorme explosão vulcânica em curso. E argumentou que era improvável que a evolução orgânica tivesse tomado a mesma direção nos dois planetas adjacentes.

– As chances de existir em Marte algo similar à humanidade são de uma em um milhão – afirmou ele.

Centenas de observadores viram as chamas naquela noite e na seguinte depois da meia-noite, e novamente na terceira noite; e foi assim por dez noites, sempre com uma erupção de chamas. Por que aqueles disparos cessaram após o décimo dia, ninguém na Terra soube explicar. Talvez os gases dos lançamentos fossem inconvenientes para os marcianos. Nuvens densas de fumaça ou poeira, visíveis pelo poderoso telescópio na Terra, como manchinhas cinzentas e flutuantes, espalhavam-se pela claridade da atmosfera do planeta e obscureciam suas características mais familiares.

Até os jornais finalmente acordaram para o que estava acontecendo, e notas apareceram aqui e ali e em toda parte a respeito dos vulcões em Marte. O ácido *Punch*, se me lembro bem, publicou uma charge, utilizando o fato de modo feliz. E, sem ninguém suspeitar, os mísseis que os

A GUERRA DOS MUNDOS

marcianos lançaram contra nós avançaram rumo à Terra, agora em ritmo de muitos quilômetros por segundo através do vazio do espaço, hora por hora, dia por dia, cada vez mais perto. Parece-me agora quase surpreendentemente maravilhoso que, com aquele destino tão próximo pairando sobre nós, os homens pudessem continuar a andar por aí com suas preocupações mesquinhas, como fizeram. Lembro-me de quão jubilante Markham ficou por conseguir uma nova fotografia do planeta para o jornal ilustrado que ele editava naqueles dias. Nestes últimos tempos, as pessoas mal sabem a abundância e a iniciativa de nossos jornais do século XIX. Da minha parte, estava muito ocupado aprendendo a andar de bicicleta e escrevendo uma série de ensaios sobre os prováveis desenvolvimentos de ideias morais à medida que a civilização progredia.

Uma noite (dificilmente o primeiro míssil poderia já estar a 16 milhões de quilômetros de distância) fui passear com a minha esposa. O céu estava estrelado, expliquei a ela os signos do zodíaco e apontei Marte, um ponto brilhante de luz rastejando no céu até o lugar mais alto sob a mira de tantos telescópios. Era uma noite quente. Ao retornarmos, um grupo de excursionistas de Chertsey ou Isleworth passou por nós cantando e tocando instrumentos. Havia luzes nas janelas superiores das casas na hora em que normalmente as pessoas iam para a cama. Da estação ferroviária a distância, vinha o som de trens sendo guardados, apitos, estrondos e uma bela melodia ao longe. Minha esposa apontou o brilho das luzes vermelhas, verdes e amarelas em uma estrutura contra o céu. Parecia tão seguro e tranquilo.

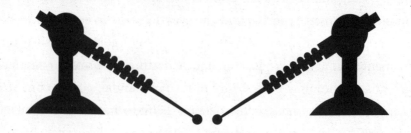

A ESTRELA CADENTE

E veio a noite da estrela cadente. Foi avistada logo pela manhã, em alta velocidade, a leste de Winchester, uma linha de fogo no alto da atmosfera. Centenas de pessoas devem tê-la visto e confundido com uma estrela cadente comum. Albin a descreveu como um rastro esverdeado que brilhava por alguns segundos após sua passagem. Denning, nossa maior autoridade em meteoritos, afirmou que a altura da sua primeira aparição era por volta de 150 a 160 quilômetros. Pareceu-lhe que caiu sobre a Terra a aproximadamente 160 quilômetros a leste de onde ele estava.

Eu estava em casa naquele momento, escrevendo no escritório; e, mesmo com a porta de vidro da varanda voltada para Ottershaw e com as persianas abertas (porque na época eu adorava observar o céu noturno), não vi nada. A coisa mais estranha que já viera do espaço para a Terra tinha caído enquanto eu estava sentado lá, e estaria bem à minha vista se eu tivesse dado uma olhada para o céu naquele exato momento. Alguns que a viram disseram que voava emitindo um assobio. Eu mesmo não ouvi nada. Muitos em Berkshire, Surrey e Middlesex devem ter visto a queda

A GUERRA DOS MUNDOS

e, no máximo, pensaram que outro meteorito tinha caído. Parece que ninguém ficou incomodado ao ver a massa descendente naquela noite.

Mas, logo pela manhã, o pobre Ogilvy, que avistara a estrela cadente e fora convencido de que o meteorito caíra no campo em algum ponto entre Horsell, Ottershaw e Woking, levantara cedo pensando encontrá-la. E a encontrou, logo depois do alvorecer, próximo das minas de areia. Um buraco enorme se abrira com o impacto do projétil, a areia e o cascalho foram lançados violentamente para todos os lados daquele charco, e as ondas formadas eram visíveis a mais de 2 quilômetros de distância. A leste a vegetação pegava fogo, e uma fina coluna de fumaça azul se elevava à frente do sol nascente.

A Coisa em si estava quase que totalmente enterrada na areia, rodeada por lascas de um abeto que deve ter sido destruído na queda. A parte descoberta tinha a forma de um cilindro imenso, enrijecido e com as bordas suavizadas por uma incrustação escamosa e escura. Tinha uns trinta metros de diâmetro. Ele se aproximou da massa, surpreso com o tamanho e mais ainda com o formato, uma vez que os meteoritos, na maioria, são arredondados. Contudo, o objeto ainda estava tão quente pelo efeito do voo que era impossível se aproximar muito. Ouviu um ruído saído de dentro do cilindro, algo que se revirava, atribuído por ele a um resfriamento interno em velocidade desigual ao da superfície, uma vez que, no momento, não lhe passava pela cabeça que aquilo poderia ser oco.

Ele continuou de pé na beirada do buraco que a Coisa cavara, fixado na aparência estranha, estupefato, principalmente pela forma e cor incomuns e notando vagamente que a chegada daquilo tinha algo de planejado. A tranquilidade da manhã era muito agradável, e o sol, que acabara de passar os pinheiros e apontava para Weybridge, já aquecia a área. Ele não se lembra de ter ouvido os pássaros naquela manhã, e com certeza não havia nenhuma brisa agitando a folhagem; os únicos sons eram os movimentos sutis dentro do cilindro acinzentado. Ele estava sozinho no descampado.

Então, de repente, ele percebeu que, de forma abrupta, um pouco da crosta cinza, a camada chamuscada que cobria o meteorito, começou a cair da ponta da borda circular. Caía em flocos, espalhando-se na areia. Um pedaço grande repentinamente despencou com um baque seco e levou o coração dele até a boca.

Por um minuto ele quase não compreendeu o que isso significava e, mesmo com o calor excessivo, deslizou para dentro do buraco, aproximando-se do objeto gigante para ver melhor a Coisa. Mesmo nesse momento, ele imaginava que o resfriamento da massa pudesse justificar aquilo, mas o que o atormentava era que as cinzas caíam apenas de uma ponta do cilindro.

Percebeu que, bem lentamente, o topo circular do cilindro rotacionava no objeto. Era um movimento tão gradual que ele só entendeu o que estava acontecendo ao perceber que a marca negra que estava próximo a ele cinco minutos antes agora estava do outro lado da circunferência. Mesmo então, ele mal era capaz de compreender o que aquilo indicava até ouvir o rangido abafado e ver a marca preta saltar uns cinco centímetros. Foi então que, com um estalo mental, ele entendeu. O cilindro era artificial, oco, com uma ponta que estava se desparafusando!

– Oh, céus! – disse Ogilvy. – Tem um homem dentro… homens! Quase torrados! Tentando escapar!

De imediato, raciocinando rápido, ele associou a Coisa com o brilho em Marte.

A ideia de a criatura estar confinada era tão apavorante que ele se esqueceu do calor e saltou para a ponta do cilindro para ajudar a girar. Mas, por sorte, a radiação fraca o deteve antes que ele queimasse as mãos no metal que ainda reluzia. Ficou em silêncio por um momento, depois se virou, saiu do poço e começou a correr desesperado para Woking. Eram mais ou menos seis da manhã. Ele encontrou um carroceiro e tentou fazê-lo entender que o chapéu dele caíra no buraco, mas a história que contou e a sua aparência eram tão insanas que o homem simplesmente seguiu em

A GUERRA DOS MUNDOS

frente. Tampouco foi bem-sucedido com o garçom que abria o bar perto da ponte de Horsell. O rapaz pensou que ele fosse um lunático a solta e até tentou trancá-lo no bar, sem conseguir. Aquilo lhe acalmou um pouco o juízo; foi quando avistou Henderson, o jornalista londrino, no jardim da casa dele, chamou-o até a cerca e se fez ouvir.

– Henderson – gritou –, viu a estrela cadente na noite passada?

– Que tem ela? – disse Henderson.

– Está em Horsell. Venha.

– Santo Deus! – exclamou Henderson. – Um meteorito! Isso é bom.

– É mais que um meteorito. É um cilindro, um cilindro artificial, homem! E tem alguma coisa dentro.

Henderson se levantou, segurando uma pá.

– O quê? – perguntou. Ele era surdo de um ouvido.

Ogilvy lhe contou o que vira. Henderson ficou um minuto ou mais absorvendo. Então largou a pá, agarrou a jaqueta e foi para a estrada. Os dois correram até o local e encontraram o cilindro ainda na mesma posição. Mas, naquele momento, os sons internos tinham cessado, e um círculo estreito de metal brilhante estava visível entre a ponta e o corpo do cilindro. O ar estava entrando ou escapando pelo anel fazendo um chiado baixo.

Ouviram, bateram no metal queimado com um pau e, na ausência de resposta, concluíram que o homem, ou homens, deveriam estar desacordados lá dentro, ou mortos.

É claro que os dois eram praticamente incapazes de fazer qualquer coisa. Gritaram palavras de conforto e promessas e partiram de volta para a cidade em busca de ajuda. Quase dá para imaginá-los, cobertos de areia, extasiados e desorientados, correndo pelas ruazinhas sob a luz do sol enquanto os lojistas baixavam as portas e as pessoas abriam a janela dos quartos. Henderson foi direto à estação ferroviária com a intenção de passar as notícias por telégrafo para Londres. Os jornais haviam preparado a mente da população para receber aquela ideia.

H. G. Wells

Por volta das oito, alguns garotos e um homem desempregado já tinham ido até o campo para ver os "homens mortos de Marte". Esse foi o rumo que a história tomou. Fiquei sabendo da história às quinze para as nove, quando fui buscar minha cópia do *Daily Chronicle*; quem me contou foi o rapaz que entregava o jornal. Naturalmente, fiquei chocado e não perdi tempo, saí para cruzar a ponte Ottershaw e seguir até as minas de areia.

NO CAMPO EM HORSELL

Encontrei um grupo pequeno, de talvez umas vinte pessoas, em volta do buraco enorme onde estava o cilindro. Já descrevi a aparência daquela massa colossal, encravada na terra. A grama e o cascalho no entorno pareciam chamuscados, como se tivessem passado por uma explosão repentina. Sem dúvida o impacto causou uma onda de calor. Henderson e Ogilvy não estavam lá. Acho que perceberam que não havia nada a fazer naquele momento e foram tomar o café da manhã na casa do Henderson.

Havia quatro ou cinco garotos sentados na beirada do poço, com os pés balançando e se divertindo (até que os parei) jogando pedras no objeto gigante. Depois que falei com eles, começaram a brincar de pega-pega no meio do grupo de curiosos.

Dentre as pessoas que ali estavam havia dois ciclistas, um jardineiro que eu contratava de tempos em tempos, Gregg, o açougueiro, com seu filho, uma garota carregando um bebê e dois ou três andarilhos e carregadores de tacos de golfe que costumavam perambular na estação ferroviária. Ouviam-se poucas conversas. Naquela época as pessoas comuns na Inglaterra tinham uma vaga noção de astronomia. A maioria observava em silêncio a ponta grande do cilindro, plana como uma mesa, que ainda estava como Ogilvy e Henderson o deixaram. Imagino que a expectativa popular de ver um monte de corpos chamuscados foi frustrada diante da massa inanimada. Alguns foram embora enquanto eu estava lá e outros chegaram. Desci para o fundo do poço e tive a impressão de sentir um movimento sutil sob meus pés. O topo, com certeza, tinha parado de girar.

Apenas quando me aproximei é que a estranheza daquele objeto ficou evidente para mim. À primeira vista, não era mais excitante do que uma carroça revirada ou um tronco caído na estrada. Não era bem isso, na verdade. Parecia um contêiner de gás enferrujado. Era preciso certa formação acadêmica em ciências para notar que as escamas cinza da Coisa não eram oxidação comum, ou que o metal amarelado que reluzia na rachadura entre a tampa e o cilindro tinha tonalidade incomum. "Extraterrestre" era um conceito que não fazia sentido para a maioria dos curiosos.

Naquele momento ficou bem claro na minha mente que a Coisa viera do planeta Marte, mas julguei improvável que contivesse qualquer criatura viva. Pensei que a rotação da tampa era automática. Diferentemente de Ogilvy, ainda acreditava que havia homens em Marte. Minha mente fantasiou a possibilidade de o objeto conter um manuscrito, do qual surgiriam dificuldades de tradução, ou moedas e uma ou outra escultura, e assim por diante. Aquilo, porém, era um tanto grande demais para eu me sentir seguro com a ideia. Fiquei impaciente, queria vê-lo aberto. Por volta das onze, como parecia que nada ia acontecer, retornei, com a cabeça cheia daqueles pensamentos, para a minha casa em Maybury. Mas tive dificuldade de trabalhar com as minhas investigações abstratas.

À tarde, aquela aparição no campo tinha mudado muita coisa. As primeiras edições dos vespertinos chocaram Londres com manchetes enormes:

MENSAGEM RECEBIDA DE MARTE
UMA HISTÓRIA INCRÍVEL EM WOKING

A GUERRA DOS MUNDOS

E outras assim. Além disso, a mensagem de Ogilvy ao Observatório Astronômico despertara atenção em três reinos.

Havia meia dúzia ou mais de carruagens pequenas da estação de Woking paradas na estrada próximo às minas de areia, uma maior vinda de Chobham e uma carruagem bem nobre. Ao lado, uma porção de bicicletas. Um número grande de pessoas deve ter andado até lá, apesar do calor daquele dia, vindas de Woking e Chertsey, de forma que, juntando tudo, era uma multidão considerável; havia até uma ou duas mulheres em trajes chiques. O calor era intenso, nenhuma nuvem no céu, nenhuma brisa, e as únicas sombras eram de alguns poucos pinheiros. O fogo na vegetação tinha se apagado, mas o terreno na direção de Ottershaw estava enegrecido até onde a vista alcançava e ainda lançava algumas colunas de fumaça. O dono de uma confeitaria na estrada Chobham até mandou para lá seu filho com um carrinho de mão cheio de maçãs verdes e refrescos de gengibre.

Chegando à beirada do poço, vi que estava ocupado por meia dúzia de homens, Henderson, Ogilvy e um homem alto e loiro que depois descobri ser Stent, o Astrônomo Real, com vários trabalhadores com pás e picaretas. De pé sobre o cilindro, agora bem mais frio, Stent dava ordens em tom claro mas estridente; seu rosto estava vermelho, com marcas de transpiração, e algo parecia irritá-lo.

Uma parte grande do cilindro fora descoberta; mesmo assim, uma das pontas ainda estava enterrada. Assim que Ogilvy me viu à beira do poço, no meio da multidão, gritou para que eu descesse e me perguntou se me importava em ir falar com o lorde Hilton, o lorde daquelas terras.

O aumento da multidão, disse ele, em especial as crianças, começava a ser um problema sério para as escavações. Queriam um poste de iluminação e ajuda para manter as pessoas afastadas. Disse-me que às vezes ainda era possível ouvir uma movimentação sutil dentro do casco, mas os trabalhadores não conseguiram soltar o topo, pois não tinham como segurá-lo para girar. O casco parecia muito grosso, e era possível que aquele som fraco que ouvíamos fosse o barulho de um tumulto no interior.

Fiquei feliz por atender ao seu pedido e, assim, tornar-me um dos espectadores privilegiados do lado de dentro do cerco. Não consegui encontrar lorde Hilton na sua casa, mas me disseram que ele voltaria de Londres no trem das seis, vindo de Waterloo; como eram cinco e quinze, fui para casa, tomei um chá e caminhei até a estação para interceptá-lo.

O CILINDRO SE ABRE

Quando retornei ao campo, o sol estava se pondo. Alguns pequenos grupos se apressavam na direção de Woking, e uma ou duas pessoas retornavam. A multidão em volta do poço aumentara e as silhuetas se destacavam diante do céu amarelo-limão – quase duzentas pessoas, talvez. Algumas vozes exaltadas deixavam transparecer que uma briga estava em curso perto do poço. Pensamentos estranhos passaram pela minha cabeça. Conforme me aproximei, ouvi a voz de Stent:

– Afastem-se! Afastem-se!

Um garoto veio correndo na minha direção.

– Está se mo-movendo – disse ele quando passou por mim –, gi-girando e a-abrindo. Não gosto disso. Vou pra casa, isso sim.

Avancei pela multidão. Havia, na verdade, duzentas ou trezentas pessoas se acotovelando e empurrando, das quais uma ou duas mulheres, bem agitadas.

– Ele está caindo no poço! – gritou alguém.

– Afastem-se! – foi o aviso repetido várias vezes.

A multidão se movimentou um pouco e abri caminho por ela. Todos pareciam muito animados. Ouvi um zumbido peculiar saindo do poço.

– Eu disse! – exclamou Ogilvy. – Ajude-me a manter esses idiotas longe. Não sabemos o que tem dentro dessa coisa maldita, entende?

Vi um jovem, um auxiliar de vendas de Woking, acredito eu, de pé sobre o cilindro tentando saltar de novo para fora do buraco. A multidão o empurrara para dentro.

A ponta do cilindro estava se abrindo por dentro. Mais de meio metro de uma rosca brilhante projetada. Alguém trombou em mim e quase fui arremessado para cima da rosca. Virei-me e, nesse instante, a rosca deve ter se soltado, pois a tampa do cilindro caiu no cascalho fazendo muito barulho. Enrosquei meu cotovelo na pessoa atrás de mim e virei a cabeça de novo na direção da Coisa. Por um momento aquela cavidade circular parecia completamente escura. A luz do pôr do sol me cegava os olhos.

Acho que todo mundo esperava ver um homem emergir, talvez um pouco diferente de nós, terrestres, mas, ainda assim, em essência, um homem. Sei que eu esperava a mesma coisa. Mas, ao olhar, vi uma coisa movendo-se nas sombras: movimentos serpenteantes acinzentados, um sobre o outro e, então, algo parecido com uma pequena serpente cinza, da espessura de uma bengala, enrolada, revirando-se no meio e saltando no ar na minha direção – e depois outra.

Um calafrio repentino me percorreu a espinha. Um grito veio de uma mulher atrás. Virei um pouco, mantendo meus olhos fixos no cilindro parado a partir de onde outros tentáculos se projetavam, e comecei a me afastar da beirada do poço empurrando as pessoas. Vi o assombro transformar-se em horror no rosto delas. Escutava exclamações sem sentido de todos os lados. Vi o vendedor, que ainda se debatia na beirada do poço. Senti-me sozinho, vi as pessoas do outro lado do poço correr para longe, Stent inclusive. Olhei novamente o cilindro, e um terror incontrolável se apossou de mim. Fiquei petrificado, e olhando.

Uma massa acinzentada grande e redonda, do tamanho, talvez, de um urso, se levantava lentamente com certo sacrifício de dentro do cilindro. Conforme se avolumava e ficava sob a luz, brilhava como couro molhado.

A GUERRA DOS MUNDOS

Dois olhos grandes escuros me observavam fixamente. A massa em volta deles, a cabeça da Coisa, era redonda e tinha algo que se poderia chamar de rosto. Havia uma boca sob os olhos, um orifício tremulante sem lábios que ofegava e salivava. A criatura toda se elevava e pulsava convulsivamente. Um apêndice tentacular fino agarrou a borda do cilindro, outro balançou no ar.

Quem nunca viu um marciano vivo mal pode imaginar a estranheza e o horror de sua aparência. A forma em V peculiar da boca com seu lábio superior pontudo; a ausência de sulcos na testa; o queixo sob a borda vincada do lábio inferior; o tremular incessante da boca; os tentáculos de górgona; a respiração tumultuada dos pulmões em uma atmosfera estranha; a dificuldade e a dor evidentes do movimento devido ao peso aumentado pela energia gravitacional maior da Terra; acima de tudo, a intensidade extraordinária dos olhos imensos – todos esses elementos eram, ao mesmo tempo, vívidos, intensos, desumanos, aleijados e monstruosos. A pele marrom oleosa se assemelhava a um fungo, e havia algo indescritivelmente nojento no cálculo desengonçado daqueles movimentos tediosos. À primeira vista, mesmo neste primeiro encontro fui tomado por nojo e medo.

De repente, o monstro sumiu. Tinha saltado da borda do cilindro e caído no poço, fazendo um barulho que lembrava uma grande quantidade de couro se esparramando. Eu o ouvi emitir um choro abafado e, de imediato, outra dessas criaturas surgiu de forma sombria das profundezas escuras do objeto.

Virei-me e, correndo desesperado, cheguei até o primeiro grupo de árvores, a uns cem metros de distância, talvez; mas corri cambaleante e tropeçando, pois não podia tirar os olhos daquelas coisas.

Ali, entre os pinheiros jovens e os arbustos, parei, ofegante, e aguardei o desenrolar dos fatos. O campo ao redor das minas de areia estava salpicado de pessoas paradas, como eu, em um misto de fascínio e terror, encarando aquelas criaturas ou, na verdade, os cascalhos chamuscados na borda do poço. E, então, com pavor renovado, vi um objeto escuro e redondo despontar na beira do poço e afundar. Era a cabeça do vendedor que caíra, a qual parecia apenas um pequeno objeto preto contra a luz do sol quente a oeste. Agora ele tinha os ombros e joelhos para cima e, de novo, aparecia e escorregava para baixo mais uma vez até sobrar apenas a cabeça visível. De repente, ele sumiu, e tenho a impressão de que um lamento baixo chegou aos meus ouvidos. Senti o impulso momentâneo de voltar e ajudá-lo, mas o medo me impediu.

Tudo estava, até então, bem invisível, oculto nas profundezas do poço e do monte de areia levantada pela queda do cilindro. Qualquer um que viesse pela estrada de Chobham ou Woking ficaria admirado diante da cena: uma multidão dispersa de, talvez, uma centena de pessoas ou mais paradas em um grande círculo irregular, em valas, atrás de arbustos, atrás de portões e cercas, falando pouco umas com as outras por meio de gritos breves e agitados e olhando, olhando fixamente, alguns montes de areia. O carrinho de mão com refrigerantes ficou abandonado, criando uma imagem peculiar contra o céu alaranjado e, em volta dos poços de areia, havia uma fila de veículos abandonados cujos cavalos comiam em bornais ou esfregavam as patas na grama.

RAIO DE CALOR

Depois do vislumbre que tive dos marcianos saindo do cilindro que os transportou de seu planeta para a Terra, uma espécie de fascínio paralisou minhas ações. Continuei de pé no campo, com folhagem até os joelhos, encarando o monte de areia que os ocultava. Minha mente se tornara um campo de batalha entre o medo e a curiosidade.

Não ousava voltar para o poço, mas sentia o desejo intenso de olhar dentro. Com isso em mente, comecei a andar em uma grande curva, buscando algum local seguro sem tirar os olhos dos montes de areia que escondiam esses recém-chegados à nossa Terra. Em dado momento, uma faixa negra chicoteou, como os braços de um polvo, reluzindo diante do pôr do sol e de imediato se recolheu para logo em seguida um objeto fino se elevar, pouco a pouco, carregando em seu apêndice um disco circular que girava com movimento oscilante. Que estaria acontecendo?

A maioria dos espectadores se dividira em dois grupos, um numa pequena multidão rumo a Woking, o outro num bando rumo a Chobham. Era evidente que passavam pelo mesmo conflito mental que eu. Havia uns poucos perto de onde eu estava. Eu me aproximei de um homem que, quando abordei, percebi que era um vizinho cujo nome eu não lembrava. Mas quase não houve tempo para conversarmos.

– Que monstros feios! – disse ele. – Por Deus! Que monstros horríveis! – repetia sem parar.

– Você viu um homem no poço? – perguntei, mas ele não respondeu. Durante algum tempo permanecemos em silêncio lado a lado dando certo conforto um ao outro, imagino. Depois mudei de posição para um montinho de terra que me dava a vantagem de um metro ou mais de elevação e, quando dei fé, ele estava caminhando rumo a Woking.

O sol estava sumindo no horizonte e nada acontecia. A multidão bem longe ao leste, na direção de Woking, parecia crescer, e eu escutava um murmúrio baixo vindo dela. O grupo menor que rumava para Chobham se dispersou. Não havia nem mera insinuação de movimento dentro do poço.

Foi isso, mais que tudo, que encorajou as pessoas, e suponho que também os recém-chegados de Woking ajudaram a restaurar a confiança. De qualquer modo, à medida que anoitecia devagar, iniciava-se uma movimentação intermitente nas minas de areia, que parecia ganhar força na quietude da noite no entorno do cilindro, este imperturbável. Escuras silhuetas verticais avançavam em pares ou trios, paravam e tornavam a avançar, espalhando-se num crescendo lento e irregular que prometia envolver o poço em seus chifres esguios. Eu, também, do lugar em que estava, comecei a me mover em direção ao poço.

Então vi que alguns carroceiros e outras pessoas avançaram com ousadia para as minas de areia e ouvi o som de cascos de cavalo e ranger de rodas. Vi um garoto saltar do carrinho de maçãs. E, a uns trinta metros do poço, notei um grupo de homens nas sombras avançando desde o sentido Horsell; o que estava mais à frente balançava uma bandeira branca.

Essa era a delegação. Houve uma votação urgente e, uma vez que os marcianos eram, apesar da sua forma repulsiva, evidentemente criaturas inteligentes, ficou decidido demonstrar a eles, por meio de uma abordagem de sinais, que nós também éramos inteligentes.

A GUERRA DOS MUNDOS

Balançado para lá e para cá, seguia a bandeira, primeiro para a direita, depois para a esquerda. Estava muito distante para que eu reconhecesse qualquer um ali, mas, depois, fiquei sabendo que Ogilvy, Stent e Henderson estavam entre outras pessoas que tentavam comunicar-se. Esse grupo pequeno se arrastava para o centro, por assim dizer, como uma circunferência quase completa de pessoas e com algumas figuras obscuras que seguiam a discreta distância.

De repente, um brilho, e uma luminosa fumaça verde saiu do poço em três nuvens separadas que subiram, uma depois da outra, direto para o ar parado.

Essa fumaça (talvez chama seja palavra melhor) era tão brilhante que o azul profundo do céu, os trechos esparsos de terra marrom dos campos de Chertsey e o conjunto de pinheiros pareciam escurecer abruptamente conforme as nuvens subiam e ficavam ainda mais sombrios quando elas dispersavam. Ao mesmo tempo, um assobio fraco se fez audível.

Além do poço, um pequeno grupo de pessoas com a bandeira branca erguida, arrebatadas pelo fenômeno, formava um nó de formas negras verticais sobre o solo escuro. Conforme subia a fumaça verde, aqueles rostos reluziam com um pálido brilho esverdeado e voltavam a se apagar quando as nuvens se dispersavam. Então, aos poucos, o assobio virou um chiado e progressivamente um zunido longo e intenso. Uma forma corcunda veio subindo do poço, e dela surgiu a aura de um raio de luz que parecia tremular.

Com brilhos de chamas reais, um clarão que saltou de um para outro brotou entre o grupo disperso de homens. Era como se um jorro invisível despencasse sobre eles e os incendiasse com uma chama branca, e como se cada um dos homens, súbita e momentaneamente, tivesse pegado fogo.

Então, iluminados pela luz da sua própria destruição, eu os vi cambalear e cair enquanto seus companheiros se viravam e corriam.

Fiquei assistindo, sem perceber ainda que aquilo era a morte saltando de um homem a outro na pequena multidão distante. Tudo que senti é que era uma coisa bem estranha. Um brilho ofuscante quase sem som, e um homem despencava e ficava imóvel na horizontal; e, conforme o raio invisível de calor passava por eles, os pinheiros explodiam em chamas e todo arbusto se transformava em uma massa amorfa de fogo. Ao longe, no sentido Knaphill, vi clarões de árvores, cercas e casas de madeira acender-se repentinamente.

Essa chama mortal foi varrendo tudo com rapidez e firmeza, uma espada flamejante invisível e mortal. Percebi que vinha na minha direção por causa dos arbustos incendiados que ela tocava, e eu estava muito assombrado e estupefato para fugir. Ouvi o estalar do fogo nas minas de areia e o guincho repentino e repentinamente silenciado de um cavalo. E, então, foi como se um dedo invisível de calor intenso rasgasse pelo campo entre minha localização e a dos marcianos e, por toda uma circunferência em volta das minas de areia, a terra escura exalava fumaça e estalava. Algo despencou fazendo um barulho distante à esquerda de onde a estrada da estação de Woking chegava ao campo. Logo o chiado e o zunido cessaram e o objeto negro em forma de domo se afundou lentamente ocultando-se no poço.

Tudo isso aconteceu tão rápido que fiquei paralisado, pasmo e deslumbrado pelos lampejos de luz. Se aquele raio mortal tivesse completado um círculo, teria inevitavelmente me massacrado no meu espanto. Mas passou e me poupou e tornou a noite à minha volta repentinamente escura e estranha.

O campo ondulado agora parecia ter escurecido quase totalmente, exceto onde suas estradas se mantinham pálidas e cinza sob o azul profundo do céu daquele início de noite. Estava tudo escuro e subitamente inabitado por seres humanos. Acima, as estrelas surgiam, e no céu, a oeste, havia um brilho fixo de tom quase azul-esverdeado. O topo dos pinheiros e os telhados de Horsell criavam recortes negros contra a última claridade do dia que esvanecia a oeste. Os marcianos e seus equipamentos estavam invisíveis, exceto por um mastro fino sobre o qual um espelho balançava sem parar. Áreas com arbustos e árvores isoladas aqui e ali soltavam fumaça e brilhavam inertes, e as casas no sentido da estação de Woking emanavam espirais de chamas no ar parado da noite.

Nada mudou, exceto isso e um assombro terrível. O pequeno grupo de manchas escuras com a bandeira foi varrido da existência, e o silêncio da noite, ao que me pareceu, nem foi abalado.

Veio-me a noção de que eu estava, nesse campo escuro, indefeso, desprotegido e sozinho. De repente, como algo caindo do céu, do nada, veio... o medo.

Com esforço me virei e comecei a correr cambaleante pelo campo.

O medo que sentia não era racional, mas um pânico e um terror não só pelos marcianos, mas pela escuridão e quietude que me invadiram. Uma tristeza tão extraordinária se abateu sobre mim que corri chorando em silêncio como uma criança. Assim que parti, já não ousei olhar para trás.

Lembro que me senti extraordinariamente persuadido de que brincavam comigo, de que naquele momento, quando eu já estava quase em segurança, de que a morte misteriosa saltaria do cilindro no poço, viria até mim na velocidade da luz e me lançaria por terra.

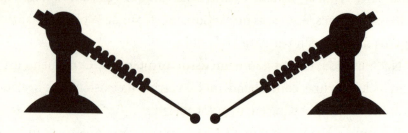

O RAIO DE CALOR NA ESTRADA DE CHOBHAM

Ainda causa espanto como os marcianos eram capazes de massacrar os homens com tanta rapidez e silêncio. Muitos pensavam que, de alguma forma, eram capazes de gerar calor intenso em câmara com isolamento térmico quase absoluto. Esse calor intenso, eles projetam em um raio paralelo contra qualquer objeto de sua escolha por meio de um espelho parabólico lustroso de composição desconhecida, da mesma forma que o espelho de um farol projeta fachos de luz. Mas ninguém pôs à prova esses detalhes em definitivo. Independentemente de como é feito, é certo que o raio de calor é o cerne da questão. Quente e invisível, mas, ainda assim, uma luz. O que quer que seja combustível se cobre de chamas ao toque, o chumbo se espalha como água, o aço amolece, o vidro racha e derrete e, quando cai sobre a água, ela incontinente explode em vapor.

Naquela noite, quase quarenta pessoas ficaram caídas sob as luzes das estrelas em volta do poço, chamuscadas e destruídas a ponto de ficarem irreconhecíveis e, durante toda a noite, o campo entre Horsell e Maybury ficou deserto, reluzindo com as chamas.

A GUERRA DOS MUNDOS

As notícias do massacre provavelmente chegaram a Chobham, Woking e Ottershaw ao mesmo tempo. Em Woking as lojas fecharam quando veio a tragédia, e algumas pessoas, comerciantes e outros, atraídas pelas histórias que ouviram, seguiram pela ponte de Horsell e pela estrada que terminava no campo. Você pode imaginar os jovens cansados após um dia de trabalho, fazendo algo novo, como fariam qualquer coisa nova, como uma desculpa para andarem juntos e aproveitarem um flerte trivial. Você pode até mesmo imaginar o zumbido das vozes ao longo da estrada no crepúsculo...

Ainda assim, é claro, poucas pessoas em Woking sabiam que o cilindro se abrira, pois o pobre Henderson enviara um mensageiro de bicicleta até a agência do correio com um telegrama especial para um vespertino.

Conforme essas pessoas seguiam, em pares e trios, pelo campo aberto, encontravam pequenos grupos conversando animados e olhando para o espelho giratório sobre o poço de areia, e os recém-chegados, sem dúvida, logo se contagiavam pela animação do momento.

Por volta das vinte e trinta, quando a delegação foi destruída, talvez houvesse uma multidão de trezentas pessoas ou mais no lugar, ao lado das que deixaram a estrada para chegar mais perto dos marcianos. Havia também três policiais, um deles montado, que faziam o que podiam, seguindo as instruções de Stent, para manter as pessoas afastadas e impedi-las de se aproximar do cilindro. Houve algumas vaias de alguns sujeitos mais rudes e animados para quem uma multidão é sempre uma oportunidade de fazer barulho e palhaçadas.

Prevendo possíveis confrontos, assim que os marcianos surgiram Stent e Ogilvy telegrafaram de Horsell para o quartel solicitando ajuda de um batalhão de soldados para proteger da violência as estranhas criaturas. Depois disso, voltaram para liderar aquela investida mal-afortunada. A descrição da morte deles, como vista pela multidão, encaixa-se bem com as minhas próprias impressões: três nuvens de fumaça verde, um zunido grave e lampejos de fogo.

Mas aquela multidão tinha uma rota de fuga bem mais estreita do que a minha. Graças apenas ao fato de que um morro coberto de vegetação absorveu a parte inferior do raio de calor, eles se salvaram. Caso a elevação do espelho parabólico fosse de alguns metros a mais, ninguém teria sobrevivido para contar a história. Viram os brilhos, os homens caindo e a mão invisível, por assim dizer, ateando fogo nos arbustos conforme se aproximava deles sob a luz do crepúsculo. Então, com um assobio que soou do fundo do poço, o raio passou próximo da cabeça deles, acendendo as pontas dos pinheiros que ladeavam a estrada, quebrando os tijolos, despedaçando os vidros, incendiando as persianas e transformando em ruínas uma parte da fachada de uma casa próximo à esquina.

Diante do impacto repentino, do crepitar e do clarão das árvores incendiadas, a multidão, tomada por uma onda de pânico, aparentemente hesitou por alguns instantes. Fagulhas e galhos flamejantes começaram a cair na estrada, junto com folhas soltas que pareciam nuvens de fogo. Chapéus e vestidos pegaram fogo. Ouviu-se um lamento no campo. Havia gritos e berros e, de repente, um policial montado foi galopando por toda a confusão, com as mãos sobre a cabeça, gritando.

– Estão vindo! – gritou uma mulher, e todos descontrolados começaram a se virar e empurrar os que estavam atrás para abrir caminho até Woking. Devem ter disparado tão sem rumo como um rebanho de ovelhas. No ponto em que a estrada se estreitava e ficava escura entre duas elevações, a multidão se entalou, e uma luta desesperada começou. Nem toda a multidão escapou; ao menos três pessoas, duas mulheres e um garotinho, foram esmagados, pisoteados e deixados para morrer no meio do terror e da escuridão.

COMO CHEGUEI ATÉ A MINHA CASA

Sobre o que aconteceu comigo, não me lembro de nada da minha fuga, exceto a dor de trombar contra as árvores e cambalear pelo campo. Estava tomado por completo pelo terror invisível dos marcianos; aquela espada impiedosa de calor parecia girar de um lado a outro. Cheguei à estrada entre o cruzamento e Horsel e corri até o cruzamento.

Até já não conseguir avançar; eu estava exausto por causa da violência das minhas emoções e da minha fuga; cambaleei e caí na beira da estrada. Isso foi perto da ponte que corta o canal próximo da usina de gás. Caí e fiquei deitado.

Devo ter ficado lá por algum tempo.

Sentei, estranhamente perplexo. Por um momento talvez, não conseguia compreender com clareza como tinha chegado lá. O terror me envolvera como uma armadura. Meu chapéu se foi e meu colarinho rasgou no fecho. Alguns minutos antes, só existiam três coisas reais diante de mim – a imensidão da noite, do espaço e da natureza, minha própria insignificância e a aproximação da morte. Agora era como se algo tivesse se revirado e meu ponto de vista se alterado de forma abrupta. Não havia transição pacífica entre um estado mental e outro. De imediato voltei a ser aquela pessoa comum de todos os dias, um cidadão decente como qualquer outro. O silêncio no campo, o impulso da minha fuga, o início das chamas, tudo como se fosse um sonho. Perguntei a mim mesmo essas coisas aconteceram mesmo? Eu não podia acreditar.

Levantei e andei sem firmeza pela subida íngreme da ponte. Minha mente estava em branco. Meus músculos e nervos pareciam ter perdido toda a força. Ouso dizer que andava como um bêbado. Uma cabeça despontou do outro lado da ponte e um trabalhador carregando uma cesta surgiu. Ao lado dele corria um garotinho. Ele passou por mim e me desejou boa-noite. Pretendia falar com ele, mas não o fiz. Respondi o cumprimento dele com um grunhido sem sentido e segui pela ponte.

Um trem fazia a curva em Maybury, expelindo uma massa branca de fumaça da caldeira, como uma centopeia de janelas iluminadas fugindo para o sul; chu-chu pi-uí pi-uí e sumiu. Um grupo de pessoas no escuro conversava no portão de uma das casas em uma bela fileira de construções chamada Terraço Oriental. Era tudo tão real e tão familiar. E aquilo atrás de mim! Era frenético, fantástico! Tais coisas, disse a mim mesmo, não podiam existir.

Talvez eu seja homem de temperamento excepcional. Não sei até que ponto a minha experiência é comum. Às vezes, sofro com uma sensação estranha de distanciamento de mim mesmo e do mundo à minha volta; pareço assistir a tudo de fora, de algum ponto inconcebível de tão remoto, fora do tempo e do espaço, longe do estresse e da tragédia toda. Esse sentimento foi muito forte em mim naquela noite. Esse era o outro lado do meu sonho.

Mas o problema era esse vazio incongruente de serenidade e morte rápida voando no além, a não mais do que alguns quilômetros dali. Havia um barulho de trabalho na usina de gás e as lâmpadas elétricas estavam todas acesas. Parei diante de um grupo de pessoas.

– Quais são as novidades do vilarejo? – perguntei.

A GUERRA DOS MUNDOS

Havia dois homens no portão.

– Oi? – disse um dos homens ao se virar.

– Quais as novidades do vilarejo? – perguntei.

– Você não acabou de VIR de lá? – retrucou.

– As pessoas parecem bobas com alguma coisa no vilarejo – disse uma mulher do outro lado do portão. – O que acontece?

– Não ouviram falar dos homens de Marte? – eu disse. – As criaturas de Marte?

– Mais do que eu gostaria – respondeu a mulher no portão –, valeu – e os três riram.

Senti-me um tolo e tive raiva. Tentei, mas descobri que não podia contar a eles o que vira. Riram de novo das minhas frases desconexas.

– Vão ouvir falar muito disso ainda – eu disse e fui para casa.

Assustei minha esposa na porta, de tão abatido que estava. Fui para a sala de jantar, sentei, bebi um vinho e, assim que pude me recompor, contei-lhe o que vira. O jantar, que estava frio, já tinha sido servido e permanecia intocado na mesa enquanto eu contava a minha história.

– Tem uma coisa – eu disse, para acalmar os medos que suscitara –, eles são a coisa mais gosmenta que já vi rastejar. Podem proteger o poço e matar as pessoas que se aproximarem, mas não conseguem sair... Mas o horror que são!

– Pare, querido! – disse minha esposa, enrugando a testa e pondo as mãos sobre as minhas.

– Pobre Ogilvy! – lamentei. – E pensar que ele pode estar morto lá!

Minha esposa não achou minha experiência incrível. Quando notei quanto o rosto dela estava mortalmente pálido, parei de imediato.

– Eles podem vir para cá – repetiu várias vezes.

Insisti que ela tomasse vinho e tentei acalmá-la.

– Mal podem se mover.

Comecei a confortá-la e a mim mesmo com tudo que Ogilvy me contou sobre a impossibilidade de os marcianos fixar-se na Terra. Em especial, apeguei-me à dificuldade com a gravidade. Na superfície da Terra a força da gravidade é três vezes maior do que em Marte. Um marciano, portanto, pesaria três vezes mais aqui do que em Marte, mas a força muscular dele seria a mesma. O próprio corpo dele seria como uma roupa de chumbo. Esta era de fato a opinião da maioria. Tanto o *The Times* quanto o *Daily Telegraph*, por exemplo, insistiram nisso no dia seguinte, e ambos relevaram, como eu, duas variáveis óbvias.

A atmosfera da Terra, sabemos agora, contém bem mais oxigênio e bem menos argônio (independentemente de como alguém queira formular isso) do que Marte. A influência revigorante do excesso de oxigênio nos marcianos sem sombra de dúvida favoreceu muito para contrabalançar o aumento de peso do corpo deles. E, em segundo lugar, todos deixaram passar o fato de que um intelecto tão mecânico quanto o dos marcianos era mais do que capaz de superar com facilidade a questão do esforço muscular.

Mas não pensei nesses pontos naquele momento e, portanto, meu raciocínio apostava tudo contra as chances dos invasores. Com vinho e comida, a confiança da minha própria mesa e a necessidade de tranquilizar minha esposa, desenvolvi um grau insensato de coragem e segurança.

– Eles fizeram bobagem – eu disse, deslizando os dedos na taça de vinho. – São perigosos porque, sem dúvida, estão enlouquecidos de medo. Talvez não esperassem encontrar criaturas vivas, com certeza não contavam com vida inteligente.

– Uma bomba no poço – eu disse. – Se o pior acontecer, mataremos todos eles.

A excitação intensa dos eventos, sem dúvida, deixou meus poderes de percepção agitados. Lembro-me daquela mesa de jantar com extraordinária vivacidade. A expressão ansiosa da minha doce e querida esposa olhando para mim sob a luz rosada da lâmpada, a toalha branca com os talheres e copos na mesa ornamentada; pois, naquela época, até os escritores filosóficos tinham muitos luxos; o vinho vermelho escuro na minha taça, a imagem toda é como uma fotografia. Por fim eu me sentei harmonizando castanhas com um cigarro, lamentando a imprudência de Ogilvy e recriminando a tímida falta de visão dos marcianos.

Algum dodô respeitável nas Ilhas Maurício poderia ter se aconchegado no seu ninho e discutido a chegada de um navio cheio de marinheiros ávidos por comer carne animal:

– Vamos bicá-los até a morte amanhã, querida.

Não fazia ideia, mas aquele era o último jantar civilizado que teria por muitos dias estranhos e terríveis.

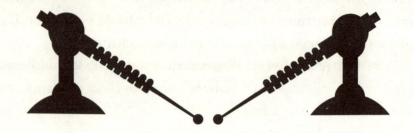

NOITE DE SEXTA-FEIRA

A coisa mais extraordinária para mim, de tudo de estranho e maravilhoso que ocorreu naquela sexta-feira, foi a integração dos hábitos cotidianos da nossa sociedade com os primeiros eventos de uma série que, em breve, derrubaria essa ordem social. Se na noite de sexta-feira você tivesse compasso e traçasse um círculo de oito quilômetros de raio em volta das minas de areia de Woking, duvido que encontraria um ser humano fora desse círculo, a menos que fosse alguém relacionado com Stent ou com um dos três ou quatro ciclistas ou com os londrinos mortos no campo, cujas emoções ou hábitos tenham se abalado com os recém-chegados. Muitas pessoas ouviram falar do cilindro, é claro, e conversaram casualmente sobre o assunto, que, no entanto, não causava a sensação que um ultimato da Alemanha o teria.

Em Londres, naquela noite, o relato feito pelo pobre Henderson sobre a abertura gradual do projétil e transmitido por ele ao seu vespertino via telegrama foi considerado boato. O jornal decidiu não imprimir uma edição especial porque não obteve resposta da mensagem que enviou ao jornalista para que ele autenticasse a informação – o homem fora morto.

A GUERRA DOS MUNDOS

Mesmo dentro do círculo de oito quilômetros, a grande maioria das pessoas estava inerte. Já descrevi o comportamento dos homens e mulheres com quem conversei. Por todo o distrito, as pessoas jantavam ou bebericavam; trabalhadores cuidavam do jardim depois de um dia de trabalho, crianças eram colocadas na cama, jovens namoravam nos becos, estudantes se debruçavam sobre os livros.

Talvez houvesse uma fofoca rolando pelas ruas, aquele tipo de novidade que é o tema predominante nas mesas de bar, e aqui e ali um mensageiro ou até mesmo uma testemunha do ocorrido, causando ondas de animação, gritaria e correria; mas a maior parte da rotina de trabalho, refeições, bebidas e sono prosseguiu como sempre fora por incontáveis anos, como se o planeta Marte não existisse no céu. Mesmo na estação de Woking, Horsell e Chobham era isso que transcorria.

No cruzamento de Woking, até muito tarde, trens paravam e prosseguiam, outros manobravam, passageiros chegavam e outros aguardavam, e tudo seguia da forma mais comum. Um garoto da cidade, valendo-se do monopólio de Smith, vendia jornais com as notícias da tarde. O eco do impacto dos vagões e o assobio agudo dos motores no cruzamento se misturavam com seus gritos de "Homens de Marte!" Homens animados chegavam à estação às nove horas com notícias incríveis e causavam mais rebuliço do que os bêbados. Pessoas barulhentas que seguiam para Londres olhavam a escuridão pelas janelas dos vagões e viam apenas uma faísca rara, inconstante e pálida dançando na direção de Horsell, um brilho vermelho e um véu fino de fumaça rumo às estrelas e pensavam que no máximo se tratava de um incêndio no campo. Só no entorno do campo um pouco da destruição era perceptível. Havia umas seis casas de campo queimando na divisa de Woking. As luzes estavam acesas em todas as casas viradas para o campo em três vilarejos, e as pessoas lá ficaram acordadas até o amanhecer.

Um grupo de curiosos permanecia inquieto, pessoas iam e vinham, mas a multidão continuava, tanto na ponte de Chobham quanto na de

Horsell. Um ou dois aventureiros, soube-se depois, foram pela escuridão rastejando até bem perto dos marcianos; mas nunca voltaram, pois, de tempos em tempos, um raio de luz, como um farol de buscas de um navio de guerra, varria o campo e o raio de calor vinha logo na sequência. Salvo isso, aquela área de campo estava silenciosa e desolada e os corpos queimados ficaram lá sob as estrelas a noite inteira e o dia seguinte. Sons de marteladas vindos do poço foram ouvidos por muitas pessoas.

Era essa a situação na noite de sexta-feira. No centro, espetado na pele do nosso planeta Terra como um dardo envenenado, aquele cilindro. Mas o veneno não estava agindo ainda. Em volta dele havia um campo silencioso, torrado em alguns lugares, com um pouco de preto, alguns objetos aqui e ali em posições contorcidas que mal podiam ser vistos. Em um ponto ou outro havia uma árvore ou arbusto queimando. Um pouco distante, um limiar de agitação e, mais além, o calor ainda não tinha começado. No resto do mundo o fluxo da vida fluía como sempre fluiu desde os tempos imemoriais. O fervor da guerra que entupiria veias e artérias amorteceria os nervos e destruiria o cérebro ainda estava por vir.

Durante toda a noite os marcianos ficaram martelando e movendo coisas, sem dormir, incansáveis, trabalhando nas máquinas que estavam preparando, e de vez em quando uma nuvem de fumaça esverdeada se revolvia iluminando o céu.

Em torno de onze destacamentos de soldados vieram por Horsell e se instalaram na beirada do campo formando um cordão de isolamento. Mais tarde, outro batalhão marchou por Chobham para assumir suas posições ao norte do campo. Vários oficiais do quartel de Inkerman estiveram no campo mais cedo naquele dia, e um deles, o major Eden, desaparecera. O coronel do regimento veio pela ponte de Chobham. Esteve ocupado interrogando a multidão à meia-noite. As autoridades militares sem dúvida estavam atentas para a seriedade da situação. Por volta das onze horas, os jornais matinais do dia seguinte poderiam dizer que um esquadrão de cavalaria, duas metralhadoras Maxims e aproximadamente quatrocentos homens do regimento de Cardigan vinham de Aldershot.

Alguns segundos depois da meia-noite a multidão na estrada Chertsey, em Woking, viu uma estrela cair do céu no pinhal a noroeste. Tinha cor esverdeada e criava um clarão silencioso como uma luz de verão. Era o segundo cilindro.

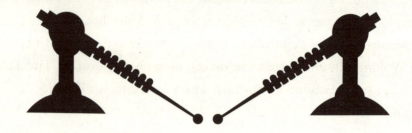

A LUTA COMEÇA

Sábado permaneceu na memória como um dia de suspense. Foi também o dia da fadiga, quente, úmido e, segundo me disseram, com rápida flutuação no barômetro. Eu quase não dormi, ao contrário da minha esposa, que se saiu melhor que eu no sono, e levantei cedo. Entrei no meu jardim antes do café da manhã e fiquei parado ouvindo, mas na direção do campo não havia nada se movendo além de uma cotovia.

O leiteiro veio como de costume. Ouvi o som de sua charrete e dei a volta até o portão lateral para lhe pedir notícias. Ele me contou que durante a noite os marcianos foram cercados pelas tropas, e o armamento era aguardado. Foi então que ouvi um som familiar e reconfortante: um trem com destino a Woking.

– Não serão mortos – disse o leiteiro –, se isso puder ser evitado.

Vi meu vizinho trabalhando no jardim, conversei um pouco com ele, e em seguida caminhei tranquilo para tomar o café. Foi uma manhã das mais triviais. Meu vizinho achava que as tropas seriam capazes de capturar ou destruir os marcianos no decorrer do dia.

A GUERRA DOS MUNDOS

– É uma pena que se mostraram inacessíveis – disse ele. – Seria interessante saber como se vive em outro planeta, poderíamos aprender alguma coisa.

Ele foi até a cerca e me ofereceu um punhado de morangos, pois suas habilidades em jardinagem eram tão generosas quanto entusiasmadas. Ao mesmo tempo, falou-me dos incêndios nos pinhais perto do campo de golfe de Byfleet.

– Ouvi dizer que mais uma dessas benditas coisas caiu lá, uma segunda. Mas uma é suficiente, com certeza. Isso vai custar um bom dinheiro ao pessoal das seguradoras até que tudo se resolva – riu com ar muito bem-humorado ao dizer isso. As florestas – contou – ainda estavam queimando. – E apontou para uma nuvem de fumaça.

– Os pés deles vão queimar vários dias por causa do solo espesso de grama e das folhas de pinheiro – disse e então ficou sério. – Pobre Ogilvy.

Depois do café, em vez de trabalhar decidi andar em direção ao campo. Sob a ponte da ferrovia encontrei um grupo de soldados, sapadores, acho, homens portando um pequeno boné militar, jaqueta vermelha suja e desabotoada e botas na altura do tornozelo. Disseram-me que ninguém estava autorizado a cruzar o canal e, observando a estrada na direção da ponte, vi um dos homens de Cardigan de sentinela. Conversei com os soldados por algum tempo; contei-lhes minha experiência na noite anterior com os marcianos; eles não tinham a menor ideia dessas criaturas, então me encheram de perguntas. Disseram que não sabiam quem autorizara a movimentação das tropas; achavam que havia uma disputa com a cavalaria. Em geral os sapadores são bem mais educados do que os soldados comuns e perspicazes ao debater as condições peculiares de um possível combate. Descrevi-lhes o Raio de Calor, e eles começaram a discutir entre si.

– Por mim, rastejamos disfarçados e os pegamos de surpresa – disse um deles.

49

– Nem pensar! – disse outro. – O que protegeria a gente desse tal calor? Espetos para assar você! O que temos que fazer é ir até onde dá e cavar uma trincheira.

– Você e suas malditas trincheiras! Você sempre quer uma trincheira, você deve ter nascido de um coelho, Snippy.

– Eles não têm pescoço, então? – interrompeu um terceiro, um negro, baixinho, contemplativo fumando um cachimbo.

Repeti minha descrição.

– Polvos – disse ele – pra mim é o que são. Nunca ouvi falar de pescadores de homens, guerreiros dos peixes, essa é a sua hora!

– Não é homicídio matar uma criatura dessas – ponderou o primeiro que havia falado.

– Por que não jogamos uma bomba logo nessas coisas malditas e acabamos com eles? – questionou o negro baixinho. – Não dá pra saber o que vão aprontar.

– Onde estão as suas bombas? – disse o primeiro. – Não dá tempo. Tem que agir rápido, essa é minha dica, atacar já.

E continuaram discutindo. Deixei-os algum tempo depois e segui até a estação ferroviária para pegar o máximo de matutinos que pudesse.

Mas não vou cansar o leitor com a descrição daquela manhã longa e da tarde mais longa ainda. Tentei espiar o campo, mas não consegui, pois tanto as torres de Horsell quanto de Chobham estavam nas mãos das autoridades militares. Os soldados com quem falei não sabiam de nada; os oficiais eram evasivos e estavam bastante ocupados. As pessoas da cidade pareciam se sentir bem seguras de novo com a presença dos militares, e descobri diretamente pelo Marshall, da tabacaria, que o filho dele estava entre os mortos no campo. Os soldados fizeram as pessoas nas proximidades de Horsell trancar a casa e sair de lá.

Voltei para casa na hora do almoço, muito cansado porque, como disse, o dia foi bem quente e abafado; e, para me refrescar, tomei um banho gelado à tarde. Por volta das quatro e meia, segui até a estação e peguei o vespertino, uma vez que os jornais da manhã traziam apenas descrições imprecisas da morte de Stent, Henderson, Ogilvy e de outros. Mas havia pouca coisa que eu já não soubesse. Os marcianos não saíram do poço nem por um minuto. Pareciam ocupados lá, ao som de marteladas e diante da coluna quase contínua de fumaça. Ao que parecia, estavam ocupados se preparando para a batalha. "Houve novas tentativas de contato, mas sem sucesso", era a notícia-padrão dos jornais. Um sapador me disse que a tentativa foi feita por um homem em uma trincheira com uma bandeira em um cabo longo. Os marcianos deram tanta atenção para tais investidas quanto daríamos para o mugido de uma vaca.

Tenho de confessar que a presença de todo aquele armamento, todos os preparativos, muito me excitavam. Minha imaginação ficou beligerante e derrotou os invasores com uma dúzia de ataques diferentes; um pouco dos meus sonhos de infância e de heroísmo voltaram. Parecia que nem seria uma luta justa àquela altura. Aparentemente eles estavam bem indefesos naquele poço.

Às três horas começaram os sons de uma arma em intervalos regulares vindos de Chertsey ou Addlestone. Descobri que o pinhal incendiado onde o segundo cilindro caíra estava sendo bombardeado na esperança de destruir o objeto antes que abrisse. Foi apenas às cinco horas, contudo, que uma arma de campo chegou a Chobham para ser usada contra os primeiros marcianos.

Por volta das seis da tarde, quando eu tomava chá com minha esposa no jardim, conversando animado sobre a batalha que estávamos prestes a presenciar, ouvi um som abafado de detonação vindo do campo e, na sequência, uma saraivada de tiros. Logo depois veio um ruído violento de batida, bem próximo de nós, que estremeceu o solo; e, olhando para o gramado, vi pontas de árvore do Oriental College explodir lançando uma chama vermelha recoberta de fumaça, e a torre da capela logo ao lado desmoronou. O pináculo da mesquita desapareceu, e o telhado da faculdade parecia que tinha sido atingido por uma centena de toneladas de arma de fogo. Uma das nossas chaminés rachou, como se um disparo a tivesse atingido, estremeceu, e um pedaço dela caiu quicando sob as telhas e formando um monte de fragmentos vermelhos sobre a floreira no peitoril do meu escritório.

Minha esposa e eu ficamos abismados. Então percebi que o cume da colina Maybury deveria estar dentro do raio de calor dos marcianos agora que o prédio da faculdade não estava mais no caminho.

– Não podemos ficar aqui – disse, e de imediato os tiros reiniciaram por alguns instantes no campo.

– Mas vamos para onde? – questionou minha esposa apavorada.

Pensei perplexo. Então me lembrei dos primos dela em Leatherhead.

– Leatherhead! – gritei junto com o barulho repentino.

Ela desviou o olhar para a colina. As pessoas estavam saindo das casas assustadas.

– Como vamos chegar a Leatherhead? – perguntou.

No sopé da colina vi um grupo da cavalaria em disparada por baixo da ponte da ferrovia; três cavalgavam pelos portões abertos da Oriental College; dois desceram dos cavalos e começaram a correr de casa em casa. O sol, brilhando pela fumaça que subia das árvores, parecia cor de sangue e tingia tudo com estranha e sinistra luz.

– Parem aqui – disse. – Vocês estão seguros aqui. – Saí em direção ao bar Spotted Dog, pois sabia que o dono tinha um cavalo e uma charrete. Corri, pois percebi que em breve todos deste lado da colina estariam nas ruas. Encontrei-o no bar, totalmente alheio ao que estava acontecendo atrás da casa dele. Um homem estava de costas para mim falando com ele.

– Você precisa de uma libra – disse o proprietário – e não tenho ninguém para conduzir.

– Pago duas – disse eu por cima do ombro do estranho.

– Pelo quê?

– E trago de volta antes da meia-noite – insisti.

– Meu Deus! – disse o proprietário. – Que pressa é esta? Estou vendendo minha parte em um porco. Duas libras e você traz de volta? Que está acontecendo aqui?

Expliquei rápido que eu tinha de sair de casa e, para tanto, dependia da charrete. Naquele momento não me parecia tão urgente que o proprietário deixasse seu estabelecimento. Garanti a charrete, voltei com ela pela estrada e, após deixá-la aos cuidados da minha esposa e da criada, corri para casa e embalei alguns objetos de valor, como a prataria e outros itens. As árvores na parte baixa da colina queimavam e as cercas estrada acima reluziam vermelhas. Enquanto me ocupava com isso, um dos cavaleiros a pé veio correndo. Estava passando de casa em casa, mandando todo mundo sair. Ele estava indo embora quando saí pela porta da frente, carregando meus tesouros em uma toalha de mesa. Gritei para ele:

– Quais são as novidades?

Ele virou, encarou-me, berrou alguma coisa sobre "rastejar em uma coisa como uma tampa de prato" e correu para o portão da casa no alto da colina. Uma nuvem repentina de fumaça negra passando pela estrada o escondeu por um momento. Corri até a porta do meu vizinho e bati para me certificar de algo que já sabia, que a esposa dele tinha ido para Londres com ele e trancara a casa. Voltei de novo, cumprindo minha promessa de pegar uma caixa da minha criada, arrastá-la para fora, colocá-la na parte de trás da charrete ao lado dela e, então, peguei as rédeas e saltei no banco do condutor junto à minha esposa. Em pouco tempo já estávamos livres da fumaça e do barulho, trotando na direção oposta da ladeira de Maybury Hill para Old Woking.

À frente havia uma paisagem ensolarada e tranquila, um campo de trigo adiante do outro lado da estrada e a estalagem de Maybury com sua placa balançando ao vento. Vi a charrete do médico. No fim da colina, virei a cabeça para olhar a terra que estava deixando. Nuvens grossas de fumaça tingidas com labaredas vermelhas de fogo subiam pelo ar parado e projetavam sombras escuras sobre as árvores verdes ao leste. A fumaça já se estendia longe para todos os lados, para os pinheiros em Byfleet a leste e para Woking a oeste. A estrada estava salpicada de pessoas correndo na nossa direção. E, bem mais abafado agora, mas ainda bem nítido pelo ar quente parado, ouviam-se o assobio de uma metralhadora, em silêncio naquele instante, e um estalar intermitente de rifles. Ao que tudo indica, os marcianos ateavam fogo em tudo que estava ao alcance do raio de calor.

Não sou especialista em conduzir cavalos e tive de voltar imediatamente minha atenção para o cavalo. Quando olhei de volta, a segunda colina estava coberta pela fumaça preta. Chicoteei o animal e o deixei com a rédea solta até que Woking e Send estivessem entre nós e aquele tumulto apavorante. Ultrapassei o médico entre Woking e Send.

NA TEMPESTADE

    Leatherhead fica a aproximadamente vinte quilômetros de Maybury Hill. O cheiro de capim estava no ar, vindo dos prados verdejantes no entorno de Pyrford e, por todos os lados, estávamos cercados pela doçura e a alegria das rosas caninas. O tiroteio intenso que ocorrera enquanto descíamos pela colina de Maybury cessou de forma tão abrupta quanto tinha se iniciado, deixando a noite calma e parada. Chegamos a Leatherhead sem problemas às nove da noite e o cavalo teve uma hora de descanso enquanto eu jantava com meus primos e deixava minha esposa aos cuidados deles.

    Minha esposa ficara curiosamente em silêncio durante a viagem e parecia oprimida pelo pressentimento de que algo maligno estava por vir. Conversei com ela para acalmá-la, ressaltando que os marcianos estavam presos no poço pela força da gravidade e não podiam fazer muita coisa além de rastejar um pouco para fora; mas ela só respondia com monossílabos. Se não fosse pela minha promessa ao dono do bar, ela teria, acho eu, implorado para que eu ficasse em Leatherhead naquela noite. Gostaria de ter ficado! O rosto dela, lembro, estava muito pálido quando parti.

Quanto a mim, fiquei agitado e febril o dia todo. Algo como a febre da guerra, que eventualmente acometia a nossa civilização, corria pelo meu sangue e, em meu coração, não estava triste por ter de voltar para Maybury naquela noite. Estava até com medo de que aqueles últimos tiros pudessem sinalizar o extermínio dos nossos invasores de Marte. A melhor forma de expressar meu estado mental seria dizer que eu queria participar da morte.

Era quase onze horas quando comecei a voltar. A noite estava inesperadamente escura quando saí da frente iluminada da casa dos meus primos; pareceu-me totalmente sombria, e estava quente e úmida como o dia. No céu, as nuvens se moviam rápido, mesmo assim não havia nenhuma brisa para balançar os arbustos a minha volta. O empregado do meu primo acendeu ambas as lanternas da charrete. Por sorte, conhecia bem a estrada. Minha esposa ficou sob a luz da entrada da casa e me observou até que saltei na charrete. Então, de forma abrupta, ela se virou e entrou, deixando meus primos sozinhos e desejando-me boa sorte.

Fiquei um pouco deprimido, a princípio, contagiado pelos medos da minha esposa, mas, logo, meus pensamentos se voltaram para os marcianos. Naquele momento não fazia a menor ideia do que acontecera na batalha da noite. Não sabia nem das circunstâncias que levaram ao conflito. Conforme passei por Ockham (pois foi o caminho por onde voltei, em vez de vir por Send e Old Woking), vi no horizonte a oeste um brilho vermelho-sangue que, conforme eu aproximava, subia aos poucos ao céu. As nuvens agitadas da tempestade que se formava se misturavam com as massas de fumaça preta e vermelha.

A Rua Ripley estava deserta e, exceto por uma ou outra janela iluminada, não dava sinais de vida; mas por pouco não causei um acidente na esquina da estrada para Pyrford, onde um grupo de pessoas estava parado de costas para mim. Não disseram nada quando passei. Não fazia ideia de que sabiam do que estava acontecendo além da colina; também não sabia se nas casas silenciosas pelas quais passei as pessoas estavam dormindo em segurança, se estavam abandonadas, ou se fugiram com o terror da noite.

De Ripley até chegar a Pyrford eu me encontrava no Vale Wey, e o brilho vermelho estava oculto para mim. Conforme subi a pequena colina depois da igreja de Pyrford, o brilho ficou visível de novo e as árvores a minha volta estremeceram com o primeiro sinal da tempestade que cairia sobre mim. Então ouvi os sinos da meia-noite na igreja atrás de mim, e surgiu a silhueta de Maybury Hill, com o topo das suas árvores e os telhados negros recortando o vermelho do céu.

Enquanto eu admirava isso, um brilho verde intenso iluminou a estrada e deixou visível a floresta distante em Addlestone. Senti um puxão nas rédeas. Vi que as nuvens que se movimentavam foram perfuradas por um facho de fogo verde que as iluminou por um instante e caiu em um campo a minha esquerda. Era uma terceira estrela cadente!

Logo na sequência dessa aparição, um brilho ofuscante violeta se contrastou com a escuridão do céu – era o primeiro raio da tempestade que se formava – e o trovão explodiu como um foguete acima de mim. O cavalo mordeu a rédea e disparou.

A descida moderada passava pelo sopé de Maybury Hill, e fomos trotando por lá. Assim que os raios começaram, teve início uma das sucessões mais rápidas de brilhos que eu já vira. Os trovões, um atrás do outro, acompanhados de um som estranho de algo rachando, soavam mais como uma gigantesca máquina elétrica em funcionamento do que suas reverberações usuais. A luz piscante ofuscava e perturbava, e uma rajada de granizo fino golpeava meu rosto conforme eu descia a ladeira.

No começo não prestava muita atenção em nada além da estrada à minha frente e, então, de repente, minha atenção foi atraída para algo movendo-se com rapidez para baixo na ladeira do outro lado de Maybury Hill. A princípio confundi com um telhado molhado de uma casa, mas, quando um raio reluziu na sequência do outro, ficou visível que era algo rolando em alta velocidade. Esta uma ilusão de óptica, um momento de agitação na escuridão e, então, veio um clarão como a luz do dia e as massas do orfanato perto do cume da colina, as pontas verdes dos pinheiros e esse objeto problemático surgiram nítidos e brilhantes.

E essa Coisa eu vi! Como posso descrevê-la? Um tripé monstruoso, maior do que muitas casas, andando sobre os pinheiros jovens e esmagando-os em fileiras; era um motor de metal reluzente que andava, avançando a passos largos pela vegetação com cabos articulados de metal nele pendurados, e o barulho alto da sua passagem devastadora se misturava com a revolta dos trovões. Um brilho, e ele ficou vívido, saltando em uma direção com dois pés no ar, desaparecendo e reaparecendo quase que instantaneamente; parecia que a cada raio iluminado estava cem metros mais próximo. Consegue imaginar uma banqueta inclinando-se e lançando-se com violência contra o chão? Essa era a impressão que eu tinha com os brilhos. Mas, em vez de uma banqueta, imagine um maquinário volumoso sobre um tripé.

Então, de repente, as árvores no pinhal à minha frente foram divididas, e, com tanta facilidade como se fossem gravetos que se quebram sob pés humanos, os troncos eram separados das raízes e lançados longe, e um segundo depois o tripé imenso apareceu, correndo, ao que parecia, na minha direção. E eu estava galopando, mas não para encontrá-lo! Diante do segundo monstro, meus nervos ficaram à flor da pele. Sem parar para olhar de novo, puxei com força a cabeça do cavalo para a direita e a charrete tombou sobre o cavalo; a madeira rachou fazendo muito barulho e fui arremessado para o lado, caindo com tudo em uma poça d'água.

Rastejei de lá imediatamente e me agachei, com os pés ainda na água, atrás de um arbusto. O cavalo estava caído imóvel (o pescoço dele tinha quebrado, pobre animal!), e com o brilho dos relâmpagos eu via a massa negra da charrete tombada e a silhueta da roda ainda girando devagar. Depois o mecanismo colossal passou em disparada por mim e pela colina em direção a Pyrford.

Vista de perto, a Coisa era muito estranha, pois não era uma mera máquina irracional seguindo sem rumo. Era um maquinário, com rangidos metálicos e tentáculos longos e reluzentes (um dos quais agarrou um pinheiro jovem) balançando e chacoalhando em volta do seu corpo estranho. Escolhia sua estrada conforme corria, e o capuz de bronze que o cobria se movia para lá e para cá, causando, inevitavelmente, a impressão de ser uma cabeça olhando para a frente. Atrás do corpo principal havia uma grande massa metálica parecida com um cesto gigante de um pescador, e nuvens de fumaça verde emanavam das articulações dos membros conforme o monstro passou por mim. E, em um instante, ele se foi.

Tudo que eu vi foi uma vaga imagem iluminada pelos raios, com reflexos ofuscantes e uma densa sombra negra.

Conforme passava, emitia um urro exultante e desafiador que encobria os trovões, "Aloo! Aloo!", e, um minuto depois, estava com seu companheiro, a um quilômetro de distância, inclinado sobre alguma coisa no campo. Não tenho dúvida de que essa coisa no campo era o terceiro dos dez cilindros que foram disparados de Marte na nossa direção.

Por alguns minutos fiquei lá na chuva e na escuridão observando, sob a luz intermitente dos raios, esses seres monstruosos de metal mover-se ao longe sobre as colinas. Um granizo fino começou a cair, e conforme veio e se foi a silhueta deles ficou encoberta por uma névoa e depois voltou a ficar nítida. De tempos em tempos havia um espaçamento entre os raios, e a noite os engolia.

Eu estava ensopado, com granizo na cabeça e uma poça d'água nos pés. Levou algum tempo até que o meu espanto me permitisse me erguer do buraco e ir para um lugar mais seco, ou me deixasse pensar sobre o perigo iminente.

Não muito longe de mim havia uma cabaninha de madeira, cercada por uma pequena plantação de batatas. Juntei minhas forças por fim e, agachando-me e usando tudo que podia para me manter oculto, corri até lá. Bati com força na porta, mas não pude fazer as pessoas me ouvirem (se é que havia pessoas na casa); algum tempo depois, desisti e, valendo-me de uma valeta na maior parte do trajeto, consegui rastejar sem ser notado por aquelas máquinas monstruosas rumo ao pinhal, em Maybury.

H. G. Wells

Oculto pelas árvores avancei, molhado e tremendo, em direção à minha casa. Andei entre as árvores tentando achar uma trilha. Estava muito escuro na floresta, pois àquela altura os raios eram menos frequentes, e o granizo, que caía torrencialmente, jorrava em colunas pelos vãos entre a folhagem densa.

Se tivesse compreendido por completo o significado de todas aquelas coisas que vira, deveria ter imediatamente dado a volta por Byfleet até a Rua Cobham e de lá voltar para reencontrar minha esposa em Leatherhead, mas naquela noite a estranheza das coisas ao redor e minha exaustão física me impediram, pois estava ferido, cansado, molhado dos pés à cabeça, ensurdecido e cego pela tempestade.

Tenho uma vaga lembrança da minha volta para casa, e isso era tudo que me motivava. Cambaleei por entre as árvores, caí numa vala e machuquei o joelho numa tábua e, por fim, nadei pela viela que descia da College Arms. Digo que nadei porque a água da tempestade estava levando a areia ladeira abaixo na correnteza de lama. Lá, na escuridão, um homem trombou em mim arremessando-me para trás.

Dei um grito de medo, saltando para o lado, e corri antes de poder raciocinar o suficiente para falar com ele. A tempestade era tão forte naquele ponto que foi uma tarefa quase impossível subir a colina. Aproximei-me da cerca à esquerda e nela continuei escorado.

Próximo do topo, tropecei em algo macio e, quando um raio brilhou, vi meu pé preso entre um pedaço grosso de um pano preto e um par de botas. Antes que eu pudesse compreender com clareza como o homem estava deitado lá, o brilho tinha se apagado. Fiquei parado sobre ele esperando por outro raio. Quando veio, vi que era um homem corpulento; sua roupa era barata, mas ele não estava malvestido; sua cabeça estava dobrada sobre o corpo, que se amontoava perto da cerca como se tivesse sido arremessado com violência contra ela.

Passada a repulsa natural de uma pessoa que nunca tocara o corpo de um morto, abaixei-me e o virei para sentir sua pulsação. Ele estava

A GUERRA DOS MUNDOS

bem morto. Ao que tudo indicava, ele tinha quebrado o pescoço. O raio brilhou sobre mim uma terceira vez, e aquele rosto ficou claro para mim. Dei um pulo para trás. Era o proprietário do Spotted Dog, que tinha me arranjado transporte.

Passei sobre ele com cuidado e segui ladeira acima. Cheguei até a delegacia de polícia e a College Arms no trajeto de casa. Nada estava queimando na colina; apesar disso, ainda vinha do campo um brilho vermelho, e uma coluna de fumaça avermelhada subia pelo granizo. Até onde era possível enxergar com os relâmpagos, as casas ao meu redor estavam intactas. Perto da College Arms um monte negro estava na estrada.

Para baixo, em direção à ponte Maybury, havia vozes e sons de pés, mas não tive coragem suficiente de gritar para eles nem de ir até lá. Abri a porta com a chave, fechei, certifiquei-me de que a porta estava trancada, cambaleei até a escada e sentei. Minha imaginação estava tomada por aqueles monstros metálicos ambulantes e o corpo morto esmagado contra a cerca.

Agachei-me no primeiro degrau da escada com as costas contra a parede, tremendo sem parar.

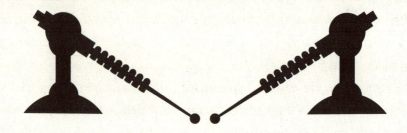

NA JANELA

Já disse que minhas emoções tempestuosas acabam por exaurir-se sozinhas. Depois de algum tempo, descobri que estava com frio e molhado e com pequenas poças d'água sob o corpo no carpete da escada. Levantei-me de modo quase mecânico, fui até a sala de jantar, bebi um pouco de uísque e troquei de roupa.

Depois disso, subi ao meu escritório, mas não sei por que fiz isso. A janela do escritório era voltada para as árvores e para a ferrovia em direção ao campo em Horsell. Na pressa da fuga, essa janela fora deixada aberta. O corredor estava escuro e, diante do contraste com o cenário que a janela emoldurava, a entrada do cômodo parecia impenetrável. Parei um pouco na porta.

A tempestade parou. As torres da Oriental College e os pinheiros ao redor se foram e, muito ao longe, iluminado por uma chama vermelha vívida, o campo de poços de areia estava visível. Através das luzes, formas sombrias enormes, grotescas e estranhas se moviam sem parar de lá para cá.

A GUERRA DOS MUNDOS

Parecia, na verdade, que todo o interior naquela direção estava em chamas, uma planície ampla coberta por pequenas fogueiras, balançando e rodopiando contra as últimas lufadas da tempestade e criando um reflexo vermelho no conjunto de nuvens acima delas. De tempos em tempos, uma cortina de fumaça de alguma explosão por perto passava pela janela e ocultava as silhuetas dos marcianos. Eu não conseguia enxergar o que estavam fazendo, nem seu formato exato nem, menos ainda, os objetos pretos com que se ocupavam. Nem podia ver o incêndio mais próximo, mesmo com os reflexos dançantes nas paredes e no teto do escritório. Um odor intenso e pegajoso de queimado estava no ar.

Fechei a porta sem fazer barulho e rastejei até a janela. Nessa hora o horizonte se abriu, e pude ver de um lado as casas no entorno da estação de Woking e no outro os pinheiros queimados e destruídos de Byfleet. Havia uma luz na parte de baixo da colina, na estrada de ferro, perto do pórtico, e várias das casas ao longo da estrada de Maybury e nas ruas próximas à estação se tornaram amontoados de ruínas brilhantes. A luz sobre a ferrovia me confundiu a princípio; havia uma massa preta e um brilho vívido e, à direita, uma fileira de retângulos amarelos. Depois percebi que era um trem destruído: a parte da frente estava esmagada e em chamas, e os vagões traseiros ainda se encontravam nos trilhos.

Entre essas três fontes principais de luz (as casas, o trem e o campo em chamas em direção a Chobham), uma área irregular de pastagens escuras, reviradas aqui e a ali com um brilho fraco e um pouco de fumaça saindo do chão. Esse era um espetáculo dos mais estranhos, aquela vastidão sombria iluminada pelo fogo. Lembrou-me, mais do que qualquer coisa, a zona industrial de Staffordshire à noite. A princípio não fui capaz de distinguir as pessoas, apesar de olhá-las atentamente. Depois, vi sob a luz da estação de Woking algumas sombras negras correndo uma atrás da outra pela linha férrea.

E nesse foi o mundinho que eu vivi em segurança nos últimos anos, esse caos ardente! O que aconteceu nas últimas sete horas eu ainda não sabia; também não sabia, apesar de começar a adivinhar, qual era a relação entre aqueles colossos mecânicos e as criaturas gosmentas que eu vira ser expelidas do cilindro. Com sentimento estranho e interesse impessoal, virei minha cadeira para a janela, sentei e olhei para a escuridão do interior, em especial para as três coisas gigantes que iam de um lado a outro em volta dos clarões dos poços de areia.

Pareciam muito atarefados. Comecei a me perguntar o que seriam. Eram mecanismos inteligentes? Algo assim me parecia impossível. Ou havia um marciano dentro de cada um, comandando, direcionando e usando os mecanismos, algo como o cérebro de um homem que fica lá comandando o corpo? Comecei a comparar as coisas com máquinas humanas, indaguei-me pela primeira vez como uma armadura ou um motor a vapor eram vistos por animais irracionais.

A tempestade deixara o céu aberto e, sobre a fumaça da terra queimada, pequenos resquícios de Marte caíam a oeste quando um soldado veio até o meu jardim. Ouvi um rangido na cerca e, despertando da letargia que recaíra sobre mim, olhei para baixo e o vi pular a cerca desengonçado. Ao avistar outro ser humano, meu torpor passou e me apoiei na janela ansioso.

– Psiu! – disse com um sussurro.

Ele parou, montado na cerca, sem compreender. Então saltou e veio pelo jardim até o canto da casa. Ele abaixou e andou com cuidado.

– Quem está aí? – perguntou, também sussurrando, parado sob a janela e olhando para cima.

– Para onde você vai? – questionei.

– Nem Deus sabe.

– Está tentando se esconder?

– Isso mesmo.

– Entre na casa – disse.

Desci, destravei a porta, deixei-o entrar e tranquei de novo. Não podia ver o rosto dele. Ele estava sem chapéu e o casaco estava desabotoado.

A GUERRA DOS MUNDOS

– Por Deus! – disse ele, enquanto eu o trazia para dentro.

– Que aconteceu? – perguntei.

– O que não aconteceu? – na penumbra, pude ver que ele fez um gesto de desespero. – Acabaram com a gente, simplesmente nos arrasaram – repetia sem parar.

Ele me seguiu quase mecanicamente até a sala de jantar.

– Beba um pouco de uísque – eu disse, servindo-lhe uma dose generosa.

Ele bebeu. Então, sentou abruptamente à mesa, apoiou a cabeça nos braços e começou a soluçar e chorar como um garotinho, um ato passional, enquanto eu, que curiosamente tinha me esquecido do meu próprio desespero recente, fiquei de pé ao lado dele, contemplativo.

Demorou muito para ele acalmar os nervos e responder às minhas perguntas, e o fez com perplexidade e de forma errática. Era condutor na artilharia e só tinha entrado em combate por volta das sete horas. Naquela altura, tiros foram disparados pelo campo e lhe foi dito que o primeiro grupo de marcianos tinha rastejado lentamente para o segundo cilindro protegidos por um escudo de metal.

Mais tarde esse escudo foi cambaleando sobre um tripé e se transformou na primeira daquelas máquinas de guerra que eu vi. A arma que ele conduzia foi descarregada próximo de Horsell para dominar os poços de areia, e a chegada dessa arma foi o estopim do ataque. Conforme os artilheiros foram para trás, o cavalo dele tropeçou em uma toca de coelho e caiu lançando-o em um buraco no chão. Ao mesmo tempo, as armas explodiram atrás dele, a munição estourou, havia fogo atrás dele e ele se viu soterrado sob homens carbonizados e cavalos mortos.

– Fiquei deitado – disse ele –, paralisado de medo, com a dianteira de um cavalo em cima de mim. Fomos destruídos. E o cheiro, meu Deus! Parecia carne queimada! Machuquei as costas quando o cavalo caiu, e tive de ficar deitado ali até me sentir melhor. O ataque durou um minuto e parou; ouvimos uma pancada e um assobio!

H. G. Wells

– Arrasados! – disse ele.

Ele se escondeu embaixo do cavalo morto por um bom tempo, espiando discretamente o campo. Os homens de Cardigan tentaram um ataque rápido, sem tática, direto no poço, e simplesmente foram varridos da existência. Então, o monstro ficou de pé e começou a andar com tranquilidade pelo campo entre os poucos fugitivos, o topo parecido com um capacete que virava exatamente igual a uma cabeça de ser humano. Algo semelhante a um braço carregava uma caixa metálica complexa, de onde os brilhos verdes cintilavam e de cuja chaminé saía a fumaça do raio de calor.

Em poucos minutos não havia, até onde o soldado podia ver, mais nada vivo no campo e todos os arbustos e árvores ali que ainda não tinham virado carvão estavam queimando. A cavalaria devia estar na estrada depois da elevação do terreno, mas ele já não os via. Ele ouviu os rangidos dos marcianos por algum tempo e, depois, tudo ficou em silêncio. O gigante deixou a estação de Woking e o conjunto de casas no entorno para o fim; então o raio de calor foi acionado e a cidade se transformou em um monte de ruínas em chamas. Depois, a Coisa desligou o raio de calor e, de costas para o homem da artilharia, começou a se chacoalhar na direção do pinhal em chamas que abrigava o segundo cilindro. Conforme fazia isso, um segundo titã brilhante saiu de dentro do poço.

O segundo monstro seguiu o primeiro e, com isso, o soldado começou a rastejar com muito cuidado pela vegetação quente tomada por cinzas, seguindo em direção a Horsell. Ele conseguiu chegar vivo à vala ao lado da estrada e, de lá, fugiu para Woking. A partir daí a história dele foi rápida. O lugar estava intransitável. Parece que havia algumas pessoas vivas lá, a maioria enlouquecida e muitos queimados e escaldados. Ele mudou de rumo por causa do fogo e se escondeu atrás do escombros ardentes de uma parede quando um marciano gigante voltou. Ele observou enquanto o monstro perseguiu um homem, agarrou-o com um de seus tentáculos de

A GUERRA DOS MUNDOS

metal e bateu a cabeça da vítima contra o tronco de um pinheiro. Por fim, depois do cair da noite, o soldado correu e saltou a ferrovia.

Desde então, ele ficou se escondendo e avançando em direção a Maybury na tentativa de se afastar dos perigos da rota para Londres. As pessoas se escondiam em trincheiras e porões, e muitos dos sobreviventes partiram em direção aos vilarejos de Woking e Send. Ele estava morrendo de sede e encontrou próximo ao pórtico da ferrovia destroçada uma das minas de água, que borbulhava como uma fonte sobre a via.

Essa foi a história que ouvi dele, na íntegra. Ele foi se acalmando ao me contar e ao tentar me fazer ver as coisas que tinha presenciado. Ele não tinha comido nada desde o meio-dia, contou-me no começo da narrativa, assim, e achei carne de cordeiro e pão na dispensa e trouxe para o cômodo. Não acendemos nem sequer lamparina por medo de atrair os marcianos, e de vez em quando nossas mãos se tocavam sobre o pão ou a carne. Conforme ele falava, as coisas a nossa volta ficavam sinistras na escuridão, e os arbustos esmagados e as roseiras pisoteadas do lado de fora da janela ganhavam mais definição. Parecia que um grupo de homens ou animais passara correndo pelo quintal. Comecei a ver o rosto dele, sujo e abatido, e sem dúvida o meu também estava assim.

Quando ele terminou de comer subimos com cuidado a escada até o meu escritório e olhei de novo pela janela aberta. Em uma noite o vale se tornou um vale de cinzas. O fogo se extinguira. Onde antes havia chamas, agora subiam colunas de fumaça; mas as inúmeras ruínas de casas destroçadas e as árvores explodidas e queimadas que estavam ocultas durante a noite se destacavam lúgubres e terríveis na luz impiedosa do amanhecer. Apesar de tudo, aqui e ali algum objeto teve a sorte de se salvar, uma sinalização branca da ferrovia aqui, os fundos de uma estufa ali, firmes e fortes no meio da destruição. Nunca antes na história da guerra uma destruição tinha sido tão generalizada e universal. E, reluzindo com luz brilhante ao leste, parados diante do poço estavam três gigantes metálicos cujos capacetes giravam como se estivessem supervisionando a desolação que causaram.

Pareceu-me que o poço fora ampliado, e, aos poucos, nuvens de vapor de um verde vívido subiam diante do clarão do amanhecer, subindo, girando, dispersando e sumindo.

Ao longe viam-se torres em chamas perto de Chobham. Elas se tornaram torres de fumaça vermelha com os primeiros raios de sol.

O QUE EU VI DA DESTRUIÇÃO DE WEYBRIDGE E SHEPPERTON

Conforme o amanhecer clareou, nós nos afastamos da janela pela qual observamos os marcianos e descemos as escadas em silêncio.

O soldado concordou comigo que a casa não era um bom lugar para ficar. Propôs seguir na rota para Londres e se reagrupar com o seu batalhão, de número 12, de artilheiros da cavalaria. Meu plano era voltar de imediato para Leatherhead, e a impressão que os marcianos me causaram foi tão forte que eu estava decidido a levar minha esposa para New Heaven e sairmos ambos do país rapidamente, pois eu já tinha concluído que a região de Londres inevitavelmente se transformaria em um campo de batalha desastroso enquanto aquelas criaturas não fossem destruídas.

Entre nós e Leatherhead, contudo, estava o terceiro cilindro, com seus guardiões gigantes. Se eu estivesse sozinho, acho que teria me arriscado e corrido até lá em campo aberto mesmo. Mas o soldado me dissuadiu:

– Não é gentil com uma esposa boa – disse ele – fazer dela uma viúva.

Eu concordei em ir com ele, protegidos pela floresta, para o norte até a rua Cobham antes de nos separarmos. Assim, eu faria um desvio grande por Epsom para chegar a Leatherhead.

Eu teria partido de imediato, mas meu companheiro, que já estivera em combate, sabia que essa não era a melhor opção. Ele me fez revirar a casa atrás de um cantil, que ele encheu com uísque; e enchemos todos os bolsos disponíveis com pacotes de biscoito e fatias de carne. Então, saímos de mansinho da casa e corremos o mais rápido que pudemos pelo caminho irregular por onde eu viera à noite. As casas pareciam desertas. Na estrada havia três corpos queimados juntos, atingidos pelo raio de calor; e por todo lado, coisas que as pessoas perderam, um relógio, um chinelo, uma colher de prata e outros itens de pequeno valor. Na esquina no sentido do correio, uma carroça, cheia de caixas e móveis, e sem o cavalo, estava virada sobre a roda quebrada. Um cofre fora arrombado com violência e jogado sob os destroços.

Exceto pela cabana no orfanato, ainda em chamas, nenhuma casa dali sofreu danos relevantes. O raio de calor cortara as chaminés e seguira em frente. Mesmo assim, além de nós não parecia haver nenhuma alma viva em Maybury Hill. A maioria dos habitantes escapara, suponho, pela estrada de Old Woking, a qual eu seguira com a charrete rumo a Leatherhead, ou estava escondida.

Descemos a ladeira, passando ao lado do corpo de um homem de preto, encharcado pela chuva da noite, e entramos na floresta no sopé da colina. Seguimos por lá ladeando a ferrovia sem encontrar ninguém. A floresta em volta da linha férrea era um monte de ruínas de madeira destruídas e queimadas; na maior parte as árvores tinham caído, mas em alguns trechos ainda estavam de pé – varetas cinzentas sombrias com folhagem marrom-escura em vez de verde.

No lado em que estávamos, o fogo só tinha chamuscado as árvores ao redor; falhou em deixar sua marca. Em um lugar em que os lenhadores trabalharam no sábado, as árvores, tombadas com o corte ainda fresco,

A GUERRA DOS MUNDOS

estavam em uma clareira, com montes de serragem perto de uma máquina de corte e do motor. Uma cabana improvisada ali perto estava deserta. Não ventou de manhã, tudo estava estranho e parado. Até os pássaros permaneciam em silêncio, e enquanto corríamos conversávamos só por sussurros e sempre olhando para trás. De vez em quando parávamos para ouvir os sons ao nosso redor.

Algum tempo depois chegamos perto da estrada e, conforme nos aproximamos, ouvimos o barulho de cascos e vimos por entre os galhos das árvores três soldados da cavalaria cavalgando devagar na direção de Woking. Acenamos e eles pararam enquanto corríamos até lá. Era um tenente e uma dupla de oficiais do oitavo batalhão da cavalaria, com um varão parecido com um teodolito, que o soldado da artilharia que me acompanhava disse ser um heliógrafo.

– Vocês são os primeiros vindos neste caminho que vejo agora de manhã – o tenente disse. – Que está acontecendo?

A voz e a expressão dele indicavam ansiedade. O homem atrás dele olhava com curiosidade. O soldado da artilharia saltou para a estrada e os cumprimentou.

– As armas foram destruídas ontem à noite, senhor. Eu estava me escondendo. Tentando retornar para o meu batalhão. O senhor avistará os marcianos, acredito, seguindo por um quilômetro nesta estrada.

– Com que diabos eles se parecem? – perguntou o tenente.

– Gigantes em armaduras, senhor. Trinta metros de altura. Três pernas e um corpo sobre o tripé, com cabeça imensa em um capacete, senhor.

– Não é possível! – disse o tenente. – Que coisa mais sem sentido!

– O senhor verá. Eles carregam um tipo de caixa, senhor, que dispara fogo e mata as pessoas.

– Quer dizer um tipo de... canhão?

– Não, senhor – e o soldado da artilharia começou a descrever vividamente o raio de calor. No meio, o tenente o interrompeu e olhou para mim. Eu ainda estava parado no morro ao lado da rodovia.

– Sim, é tudo verdade – eu disse.

– Bem – disse o tenente –, acho que é meu dever ver também. Olhe aqui – dirigindo-se ao soldado –, fomos enviados para cá para tirar as pessoas das casas. É melhor você seguir em frente, apresente-se ao general de brigada Marvin e conte a ele tudo que sabe. Ele está em Weybridge. Sabe o caminho?

– Sei – respondi. – E ele virou seu cavalo para o sul de novo.

– Um quilômetro, você disse? – ele perguntou.

– No máximo – respondi, e apontei por cima das árvores ao sul. Ele me agradeceu, saiu cavalgando e nunca mais os vimos.

Tempos depois, vimos um grupo de três mulheres e duas crianças na estrada, saindo de uma casa. Tinham conseguido uma carroça de mão pequena e empilhavam sacos sujos e mobílias vagabundas. Estavam muito concentrados nas suas tarefas para falar conosco quando passamos.

Perto da estação de Byfleet, saímos da floresta e deparamos com o vilarejo calmo e tranquilo sob o sol da manhã. Estávamos muito longe do alcance do raio de calor ali e, se não fosse pelo silêncio do abandono em algumas casas, pela agitação para embalar as coisas em outras e um agrupamento de soldados na ponte sobre a ferrovia olhando em direção a Woking, o dia teria sido como um sábado qualquer.

Várias carroças e charretes se moviam com rangidos ruidosos pela estrada rumo a Addlestone e, de repente, por um portão de um campo vimos, espalhados na longa pradaria, seis canhões distribuídos igualmente apontados para Woking. Os atiradores estavam ao lado das armas esperando e o carregamento de munição estava bem à mão. Os homens estavam em posição de sentido, quase como se estivessem sendo inspecionados.

– Isso é bom! – falei. – Vão acertar um tiro direto de um jeito ou de outro.

O soldado hesitou no portão.

– Tenho de prosseguir – disse ele.

A GUERRA DOS MUNDOS

Mais à frente, em direção a Weybridge, logo depois da ponte, havia um grupo de homens de uniforme branco montando uma barricada longa com mais armas atrás.

– São arcos e flechas contra raios, de qualquer forma – observou o soldado. – Ainda não viram aquele raio de fogo.

Os oficiais que não estavam executando nenhuma tarefa ficavam observando por cima das árvores ao sul, e os homens que cavavam paravam de vez em quando e olhavam para a mesma direção.

Byfleet estava tumultuada; pessoas que faziam as malas, um batalhão da cavalaria (alguns desmontados, alguns montados) que as apressava. Três ou quatro carroças pretas do governo, com cruzes em círculos brancos e uma diligência antiga, entre outros veículos, estavam sendo carregadas nas ruas do vilarejo. Havia grupos de pessoas, a maioria vaidosa o suficiente para vestir sua melhor roupa. Os soldados tinham dificuldade em fazer com que as pessoas compreendessem a gravidade da situação. Vimos um velho enrugado com uma caixa grande e alguns vasos de orquídeas gritar irritado para o cabo que não deixaria as coisas para trás. Parei e agarrei-lhe o braço.

– Você sabe o que tem lá? – disse apontando para os pinheiros que ocultavam os marcianos.

– Ahn? – disse, virando. – Eu estava explicando que isso é valioso.

– A morte! – gritei. – A morte está chegando! – deixei-o para que digerisse isso caso fosse capaz e corri atrás do soldado da artilharia. Na esquina olhei para trás. O soldado o havia deixado lá, e o velho ainda estava parado com sua caixa com os vasos de orquídeas em cima olhando vagamente as árvores.

Ninguém em Weybridge sabia nos dizer onde fora montado o centro de comando; o lugar inteiro estava tumultuado como eu nunca vira em cidade alguma. Charretes e carruagens para todos os lados, uma mistura surpreendente de veículos e cavalos. Os habitantes respeitáveis do local, homens com traje de golfe ou canoagem e mulheres bem-vestidas faziam as malas; estivadores ajudavam freneticamente; as crianças estavam animadas e, na maioria, divertiam-se com essa variação incrível de sua rotina dominical. No meio disso tudo, o valoroso vigário encontrava-se muito empenhado em antecipar a missa, e o sino da sua capela soava por cima de toda a balbúrdia.

Eu e o soldado, sentados no degrau de uma fonte, comemos uma refeição bem razoável com o que tínhamos trazido conosco. Patrulheiros que aqui não eram da cavalaria e sim granadeiros de uniforme branco alertavam as pessoas para que fugissem agora ou se abrigassem nos porões assim que os disparos começassem. Vimos quando cruzamos a passarela da ferrovia que uma multidão crescente se aglomerava na estação ferroviária, e a plataforma estava tomada por pilhas de caixas e pacotes. O tráfego normal tinha parado, acredito, para permitir a passagem das tropas e armamentos rumo a Chertsey, e ouvi dizer que havia uma luta selvagem por assentos nos trens especiais colocados de última hora em circulação. Ficamos em Weybridge até o meio-dia e depois fomos a um lugar perto de Shepperton Lock na confluência dos rios Wey e Tâmisa. Passamos parte do tempo ajudando duas senhoras a colocar suas coisas em uma carroça. O Rio Wey tinha três afluentes e, naquele local, era possível alugar barcos. Havia balsa para atravessar o rio, pousada com enorme gramado no lado de Shepperton; mais à frente, a torre da igreja de Shepperton, que fora substituída por um pináculo, despontava entre as árvores.

Ali nos deparamos com um grupo agitado e barulhento de fugitivos. Ainda não estavam em pânico, mas havia bem mais pessoas do que os barcos indo e vindo conseguiam atravessar. As pessoas chegavam ofegantes com malas pesadas, um casal estava carregando um portãozinho entre eles com alguns dos seus pertences empilhados em cima. Um homem nos disse que queria tentar fugir pela estação de Shepperton.

Havia muita gritaria e um homem estava até zombando dos outros. O pensamento das pessoas parecia ser, naquele momento, que os marcianos eram meros seres humanos formidáveis que poderiam atacar e saquear a cidade, mas, certamente, seriam destruídos no fim. De vez em quando

A GUERRA DOS MUNDOS

as pessoas olhavam nervosas além de Wey, para a planície em direção a Chertsey, mas nessa direção tudo estava parando.

Do outro lado do Tâmisa, exceto no local onde os barcos param, estava tudo calmo, em contraste evidente com a margem em Surrey. As pessoas que desciam dos barcos lá seguiam andando pela rua. A balsa maior tinha acabado de atracar. Do gramado da pousada, três ou quatro soldados olhavam os fugitivos e riam sem oferecer ajuda. A pousada estava fechada por causa do toque de recolher.

– Que é aquilo? – gritou um barqueiro.

– Cale a boca, idiota! – bradou para o cachorro um homem perto de mim.

E o som ecoou de novo, desta vez vindo de Chertsey, uma pancada abafada, o som de uma arma.

A luta estava começando. Quase de imediato a bateria de artilharia do outro lado do rio à nossa direita, oculta pelas árvores, sobrepôs-se ao coro, atirando com tudo, um após o outro. Uma mulher gritou. Todo mundo ficou apreensivo pela agitação repentina da batalha, próxima de nós, e ainda assim invisível. Não se via nada além da planície, das vacas pastando inabaladas, na sua maioria, e das folhas prateadas dos salgueiros brancos imóveis sob o calor sol.

– Os soldados vão pará-los – disse uma mulher ao meu lado, sem muita segurança. Uma névoa subiu além dos topos das árvores.

De repente, vimos uma lufada de fumaça bem depois do rio, uma nuvem que alçou voo e ficou no ar; imediatamente o chão estremeceu e uma explosão intensa causou um choque no ar, estilhaçando duas ou três janelas nas casas na proximidade e deixando-nos chocados.

– Aí estão eles! – gritou um homem vestindo um colete azul. – Lá! Estão vendo? Ali!

Rapidamente, um após o outro, dois, três, quatro dos encouraçados marcianos apareceram, bem longe, acima das árvores, pelas planícies que chegavam a Chertsey, andando apressados no sentido do rio. As figuras pequenas de capacete pareciam, a princípio, mover-se com rodas, com a rapidez dos pássaros.

E então, avançando na diagonal em nossa direção, veio um quinto. Aqueles corpos cobertos de armadura brilhavam sob o sol conforme avançavam rápido sobre as armas e ficavam maiores à medida que se aproximavam. Em um canto muito remoto à esquerda surgiu uma caixa grande no ar, e o raio de calor assombroso e terrível que eu já presenciara na sexta-feira à noite investiu sobre Chertsey e destruiu a cidade.

Diante da visão dessas criaturas estranhas, ágeis e terríveis a multidão próxima da margem do rio me pareceu, por um momento, tomada pelo horror. Não havia gritaria ou agitação, e sim silêncio. Logo começou um murmúrio abafado, e uma movimentação de pés e o som de jorro de água. Um homem, assustado demais para largar a mala que carregava sobre o ombro, girou com ela e me atingiu, fazendo-me cambalear com o golpe da quina da bagagem. Uma mulher me empurrou e passou correndo por mim. Virei-me com a movimentação das pessoas, mas não estava apavorado demais para pensar. O raio de calor terrível estava na minha cabeça. Entrar na água! Era isso!

– Entrem na água! – gritei, mas não atraí a atenção de ninguém.

Virei-me de novo e corri em direção aos marcianos que se aproximavam; fui direto para a orla de cascalho e pulei de cabeça na água. Outros fizeram o mesmo. Um grande grupo de pessoas que tinha acabado de sair do barco voltou na hora que me viram correndo entre eles. As pedras sob os meus pés eram lamacentas e escorregadias, e o rio estava tão raso que corri por mais ou menos seis metros para a água ficar na altura da minha cintura. E então, quando os marcianos surgiram no alto, a menos de 180 metros de distância, mergulhei. Os jorros de água para dentro do rio provocados pelos saltos das pessoas que estavam nos barcos pareciam trovões nos meus ouvidos. Elas se jogavam nas duas margens do rio. Mas a máquina marciana não dedicara mais atenção às pessoas que corriam naquela direção do que um homem daria diante da confusão de um formigueiro no qual ele acabara de esbarrar com o pé. Quando fiquei quase sem ar e pus a cabeça para fora da água, o capacete do marciano apontou para a artilharia que ainda estava disparando do outro lado do rio e, enquanto avançava, balançava o que deveria ser o gerador do raio de calor.

Em um instante estava na margem e com o passo seguinte chegou até metade do caminho. Os joelhos da sua perna dianteira se dobraram na margem mais à frente e em segundos tinha se levantado por completo de novo, próximo à vila de Shepperton. Sem demora os seis canhões, que sem que ninguém na margem direita soubesse estavam escondidos nos arredores daquela vila, dispararam ao mesmo tempo. O impacto repentino próximo, um atrás do outro, fez meu coração pular. O monstro já estava elevando a caixa que gerava o raio de calor quando a primeira bomba explodiu a cinco metros acima do capacete.

Dei um grito de espanto. Não vi os outros monstros marcianos nem pensei neles, pois minha atenção estava focada no incidente mais próximo. Simultaneamente duas outras bombas explodiram no ar perto do corpo conforme o capacete se virava a tempo de receber a quarta bomba sem chance de desviá-la.

A bomba explodiu direto na cara da Coisa. O capacete esmagado e brilhante despedaçou em uma dúzia de fragmentos de carne vermelha e metal reluzente.

– Acertou! – urrei comemorando ao mesmo tempo.

Ouvi outros vivas vindos da água. Eu era capaz de saltar da água com aquela celebração momentânea.

O colosso decapitado cambaleou como um gigante bêbado, mas não caiu. Recuperou o equilíbrio milagrosamente e, sem tomar cuidado com seus passos e com a câmara agora bem erguida que disparava o raio de calor, cambaleou com agilidade por Shepperton. A inteligência viva, o marciano dentro do capacete, fora abatida e espalhada aos quatro ventos, e a Coisa já não era nada além de mero, intrincado e retorcido equipamento de destruição. Seguiu em linha reta, incapaz de se guiar. Chocou-se contra a torre da igreja de Shepperton, esmagando-a como um aríete o faria, virou de lado, andou sem rumo e colapsou com força tremenda no rio longe da minha vista.

Uma explosão violenta reverberou no ar, e um jorro de água, vapor, lama e fragmentos de metal foi lançado ao céu. A câmara do raio de calor bateu na água fazendo-a vaporizar-se no mesmo instante. Na sequência, uma onda enorme como uma maré lamacenta e quase escaldante de tão quente veio com força contra a margem do rio. Vi as pessoas em terra debater-se e ouvi seus gritos abafados pelo som da fervura e estrondo do colapso do marciano.

Por um momento não notei o calor, esquecido que eu estava da patente necessidade de autopreservação. Lancei-me pela água tumultuada, empurrando para o lado um homem de preto, até que pudesse ver a margem. Na confusão das ondas, meia dúzia de barcos deserdados estava à deriva. O marciano caído ficou visível rio abaixo, com a maior parte do corpo submersa.

Nuvens grossas de vapor saíam dos escombros, e pela névoa agitada viam-se meio embaçados em alguns momentos os membros gigantes debater-se e jogar água e espuma no ar. Os tentáculos balançavam e caíam como braços de verdade e, exceto pela falta de sentido e inutilidade daqueles movimentos, era como se uma criatura ferida lutasse por sua vida nas ondas. Uma enorme quantidade de fluido marrom avermelhado vazava da máquina em jatos barulhentos.

Minha atenção foi desviada da agitação mortal por um grito furioso, como o daquela coisa chamada sirene nas nossas cidades industriais. Perto do rebocador, um homem com água na altura do joelho deu um grito inaudível para mim e apontou. Olhando para trás, vi os outros marcianos avançar com passadas gigantes pela margem do rio, vindos de Chertsey. As armas de Shepperton seriam inúteis desta vez.

Diante disso, mergulhei de vez segurando a respiração, sentindo agonia dolorosa e sem sentido sob a superfície pelo máximo de tempo que pude. A água estava agitada e cada vez mais quente.

A GUERRA DOS MUNDOS

Quando, por um instante, ergui a cabeça para respirar e tirar água e cabelo dos olhos, o vapor subiu na forma de névoa agitada que, a princípio, ocultava por completo os marcianos. O barulho era ensurdecedor. Então, vi ampliadas pela névoa as silhuetas colossais, sombrias e cinzentas. Tinham passado por mim, e dois estavam inclinados sobre as ruínas espumantes e agitadas do seu companheiro.

O terceiro e o quarto estavam ao lado dele na água, um talvez a 180 metros de mim, o outro no sentido de Laleham. Os geradores de raio de calor eram balançados no alto e os raios sibilantes atingiam aqui e acolá.

O ar estava tomado por ruídos, uma confusão ensurdecedora de barulhos desconexos, os rangidos estridentes dos marcianos, o desmoronamento das casas, a queda das árvores e cercas, barracões em chamas e os estalos do fogo. A fumaça densa e negra subia para misturar-se com o vapor do rio, e conforme o raio de calor passava por toda Weybridge seu impacto era marcado por brilhos brancos incandescentes, que, de imediato, se transformavam em dança fumacenta de chamas intensas. As casas mais próximas ainda estavam intactas, esperando por seu destino, sob as sombras, quase ocultas pelo vapor, e o fogo atrás delas se espalhava.

Por um momento, talvez, fiquei parado, com o peito erguido sobre a água quase fervente, pasmo diante de tudo à minha volta, sem esperança de fugir. No meio da fumaça pude ver as pessoas que estavam comigo no rio fugindo da água pelo gramado, como sapos saltitando diante da presença de um homem, ou correndo sem rumo e sem pensar no rebocador.

De repente, as luzes brancas do raio de calor vieram saltando na minha direção. As casas desabaram como se fossem dissolvidas ao ser tocadas e explodiram em chamas; as árvores se transformaram em fogo com um estrondo. O raio brilhou para cima e para baixo no rebocador atingindo as pessoas que correram nessa direção e chegou até a beira da água, a não mais que cinquenta metros de onde eu estava. Passou pelo rio e foi em direção a Shepperton, e a água no seu caminho se transformou em uma onda borbulhante e fervente coberta de vapor. Virei-me para a margem.

Depois uma onda enorme, quase em ponto de ebulição, me engoliu. Gritei e, escaldado, quase cego, agonizando, cambaleei pela água turbulenta e sibilante até a margem. Se meu pé tivesse tropeçado, teria sido o fim. Eu me vi sem esperança, bem à vista dos marcianos, sobre o platô barrento de cascalho que marca o ângulo da confluência do Rio Wey com o Tâmisa. A única coisa que eu esperava era a morte.

Tenho vaga lembrança do pé do marciano passando a poucos metros da minha cabeça, seguindo direto pelo cascalho, ali se afundando e se elevando de novo; lembro do longo suspense seguido do quarto monstro carregando os destroços do companheiro, por um momento nítido e depois obscurecido por um véu de fumaça que cobria uma área interminável do meu ponto de vista pela vastidão da planície e do rio. E, então, lentamente, percebi que, por milagre, eu tinha escapado.

COMO EU ME ENTENDI COM O CURA

Depois da aula repentina sobre o poder das armas terrestres, os marcianos recuaram para sua posição inicial no campo em Horsell; como estavam apressados e ocupados com os destroços do colega esmagado, deixaram intocadas várias coisas e negligenciaram vítimas como eu. Caso tivessem abandonado o colega e avançado, não teria havido nada naquele momento entre eles e Londres além da bateria de canhões e, com certeza, teriam chegado à capital antes das notícias de que estavam se aproximando; a investida deles teria sido tão repentina, assustadora e destrutiva quanto o terremoto[1] que destruiu Lisboa há um século.

Mas não estavam com pressa. Nas viagens interplanetárias um cilindro vinha atrás do outro, e reforços eram recebidos a cada vinte e quatro horas. Enquanto isso, as autoridades militares e navais, agora em alerta total sobre o poder tremendo de seus antagonistas, trabalhavam com todo o empenho. A cada minuto uma arma nova era posicionada até que, antes

---

[1] Sismo de Lisboa: 1755; publicação de *A guerra dos mundos*: 1898. (N.E.)

do crepúsculo, cada bosque, cada vila suburbana nas colinas em torno de Kingston e Richmond abrigasse um canhão negro pronto para atacar. Na área carbonizada e desolada, que ao todo talvez chegasse a cinquenta quilômetros quadrados, no entorno do acampamento marciano em Horsel, nas ruínas soterradas em cinzas dos vilarejos entre as árvores, nos amontoados de carvão e fumaça que menos de um dia antes eram bosques de pinheiros, prosseguiam os batedores devotados com os heliógrafos a postos para alertar os armeiros da chegada dos marcianos. Mas os marcianos agora compreendiam nossa artilharia e o perigo de se aproximarem dos humanos, e homem algum podia aventurar-se a menos de um quilômetro e meio de nenhum dos cilindros sem pagar com a própria vida.

Ao que tudo indicava, aqueles gigantes passaram a primeira parte da tarde indo de um lado a outro, transferindo tudo do segundo e do terceiro cilindros (o segundo nos campos de golfe de Addlestone, o terceiro em Pyrford) para o poço inicial no campo em Horsell. Acima das urzes enegrecidas e das ruínas das construções que se espalhavam por vasta área, um deles ficou de sentinela enquanto os demais abandonaram suas máquinas de guerra gigantes e desceram ao poço. Trabalharam com afinco noite adentro. A coluna densa e gigantesca de fumaça verde que subia do poço podia ser vista das colinas em torno de Merrow e, até, pelo que foi dito, de Banstead e Epsom Downs.

E enquanto os marcianos atrás de mim se preparavam para seu próximo ataque e os humanos à minha frente reuniam as tropas para a batalha, segui meu caminho para Londres com muito esforço e dor infinita causada pelo fogo e pela fumaça de Weybridge em chamas.

Vi um barco abandonado, muito pequeno e distante, à deriva na correnteza. Após me livrar da maior parte das minhas roupas encharcadas, fui atrás dele, alcancei-o e escapei da destruição. Não havia remos no barco, mesmo assim dei um jeito de remar o melhor que pude com minhas mãos escaldadas, seguindo rio abaixo rumo a Halliford e Walton em ritmo bem tedioso, sempre olhando para trás, por motivos óbvios. Segui

A GUERRA DOS MUNDOS

o rio porque ponderei que a água me daria a melhor chance de fugir caso só gigantes voltassem.

A água quente da queda do marciano desceu pela correnteza comigo, o que me permitiu ver um pouco das margens por mais de um quilômetro. Em dado momento, contudo, pude distinguir uma fileira de silhuetas negras correndo pela planície em direção a Weybridge. Halliford parecia deserta, e várias casas voltadas para o rio estavam em chamas. Era estranho ver o lugar tão tranquilo e tão desolado sob o calor do céu azul, com fumaça e pequenas labaredas que intensificavam o calor da tarde. Eu nunca vira casas em chamas sem uma multidão em volta. Um pouco à frente, na vegetação seca das margens, havia fumaça e clarões, e o fogo se alastrava para o interior abrindo caminho por um campo de feno.

Por um bom tempo fiquei à deriva levado pela maré, tão dolorido e cansado depois de toda a violência que eu presenciara e do intenso calor da água. Depois meus medos despertaram minhas forças e voltei a remar. O sol castigava minhas costas desprotegidas. Por fim, quando a ponte em Walton ficou visível na curva da margem, minha febre e fraqueza sobrepujaram meus medos, parei em uma margem em Middlesex e deitei na grama alta, passando muito mal. Suponho que àquela altura fosse umas quatro ou cinco da tarde. Pouco depois me levantei, andei por mais ou menos um quilômetro sem encontrar nenhuma alma viva e deitei de novo na sombra de um barranco. Lembro-me vagamente de dizer a mim mesmo palavras sem sentido nesta reta final. Eu estava também tão sedento que me arrependi amargamente de não ter bebido mais água. É curioso que eu sentia raiva da minha esposa; não sei explicar, mas meu desejo impotente de chegar a Leatherhead me preocupava em excesso.

Não me lembro com clareza da chegada do cura, então é provável que eu tenha cochilado. Notei a presença de uma figura sentada, as mangas da camisa úmidas e enlameadas, o rosto bem barbeado olhando para um pálido brilho piscante que dançava no céu. O céu estava nublado, com filas e filas de nuvens brancas fofas tingidas com o brilho do verão.

Sentei-me, e diante da minha movimentação, ele me olhou rapidamente.

– Tem água? – perguntei abruptamente.

Ele balançou a cabeça.

– Você está pedindo água há uma hora – disse ele.

Por um momento ficamos em silêncio, avaliando um ao outro. Ouso dizer que ele me achou um sujeito bem estranho, nu, exceto pelas calças encharcadas, meias escaldadas, rosto e ombros escurecidos pela fumaça. O rosto dele era delicado, o queixo retraído, e o cabelo com cachos bem definidos, quase louros, sobre a testa pequena; os olhos eram grandes, azul-claros, e o olhar vago. Ele perguntou abruptamente, olhando para o nada:

– Que significa isso? Que significam essas coisas?

Olhei para ele e não respondi.

Ele esticou uma mão fina e branca e disse em tom quase de lamento.

– Por que essas coisas são permitidas? Que pecados nós cometemos? A missa da manhã tinha terminado, fui caminhar para clarear a mente e, então, fogo, terremoto, morte! Como se fossem Sodoma e Gomorra! Todo nosso trabalho perdido, tudo o que fizemos... o que são esses marcianos?

– O que somos nós? – retruquei, limpando a garganta.

Ele agarrou os joelhos e voltou-se para mim mais uma vez. E me olhou em silêncio por meio minuto talvez.

– Estava andando pela estrada para clarear minha mente – repetiu – e, do nada, fogo, terremoto, morte!

Ele retornou ao silêncio, com o queixo afundado quase nos joelhos.

Pouco depois começou a chacoalhar as mãos.

– Todo trabalho perdido... as escolas dominicais... o que fizemos... o que Weybridge fez? Tudo se foi... tudo destruído. A igreja! Não faz nem três anos que a reconstruímos. Foi embora! Varrida da existência! Por quê?

Outra pausa, e ele começou de novo, como um louco.

– A fumaça do fogo subia sem parar na igreja! – gritou.

Os olhos dele estavam em chamas, e ele apontou o dedo fino para Weybridge.

A GUERRA DOS MUNDOS

A essa altura, estava começando a entendê-lo. A tragédia tremenda em que ele esteve envolvido (era evidente que se tratava de um fugitivo de Weybridge) o levara à beira da loucura.

– Estamos longe de Sunbury? – perguntei de modo prático.

– Que vamos fazer? – questionou. – Essas criaturas estão em toda parte? A Terra foi entregue a eles?

– Estamos longe de Sunbury?

– Hoje mesmo eu celebrei a missa matinal…

– As coisas mudaram – eu disse baixinho. – O senhor precisa manter a cabeça no lugar. Ainda há esperança.

– Esperança!

– Sim. Muita esperança… apesar de toda a destruição!

Comecei a explicar meu ponto de vista sobre a situação. No começo ele escutou, mas, conforme eu prosseguia, o interesse ia sumindo dos seus olhos, dando lugar ao olhar vazio anterior, até que parou de prestar atenção.

– Este deve ser o começo do fim – interrompeu-me. – O fim! O grande dia terrível do Senhor! Quando os homens virem rochas e montanhas cair sobre eles e ocultá-los… ocultá-los do olhar Dele que nos observa sentado no seu trono!

Comecei a entender a situação. Cessei meu árduo raciocínio, fiquei de pé com algum esforço e pousei minha mão no seu ombro.

– Seja homem! – eu disse. – Este medo o está deixando louco! De que adianta a religião se ela desmorona sob a calamidade? Pense no que os terremotos, as inundações, as guerras e os vulcões fizeram com o homem! Acha que Deus abandonou Weybridge? Ele não é corretor de seguros.

Por um momento ele ficou sentado em silêncio.

– Mas como podemos escapar? – perguntou ele, repentinamente. – Eles são invulneráveis, impiedosos.

– Nem uma coisa e talvez nem outra – respondi. – E quanto mais poderosos eles forem, mais sagazes e alertas deveremos ficar. Um deles foi morto menos de três horas atrás.

– Morto! – disse ele, olhando em volta. – Como os ministros de Deus podem ser mortos?

– Eu vi acontecer – continuei falando com ele. – Tentamos e conseguimos, e é só isso.

– O que é essa coisa piscante no céu? – perguntou de repente.

Disse a ele que era o heliógrafo sinalizando, que era um sinal de ajuda e esforço humano no céu.

– Estamos no meio disso tudo – eu disse. – Por mais silencioso que seja, aquele tremular no céu nos alerta da tempestade que está por vir. Lá longe imagino que estejam os marcianos e os arredores de Londres, onde despontam aquelas montanhas em volta de Richmond e Kingston, e as árvores dão cobertura aos batedores que estão se posicionando com as armas. Em breve os marcianos virão de novo.

E, enquanto eu falava, ele ficou de pé e me deteve com um gesto.

– Ouça! – disse ele.

De algum lugar além das colinas depois do rio veio um eco fraco de armas ao longe e um grito estranho. E, então, tudo ficou em silêncio. Um besouro veio zunindo sobre a margem e passou por nós. Alto a oeste a lua crescente brilhava pálida sobre a fumaça de Weybridge e Shepperton e em meio ao calor do ainda esplendoroso pôr do sol.

– É melhor seguirmos por esse caminho – eu disse – sentido norte.

EM LONDRES

Meu irmão mais novo estava em Londres quando os marcianos caíram em Woking. Ele estudava medicina e se preparava para uma prova iminente; até a manhã de sábado não tinha ouvido nada sobre a chegada. Os jornais matinais do sábado continham, além de artigos especiais sobre o planeta Marte, sobre a vida em planetas e assim por diante, um telegrama breve e vago, que chocava mais por sua brevidade.

Os marcianos, assustados com a multidão que se aproximava, mataram várias pessoas com uma espécie de arma de fogo automática, dizia a reportagem. O telegrama concluía com as palavras: "Por mais formidáveis que pareçam, os marcianos não saíram do poço onde caíram e, na verdade, parecem incapazes de sair. Provavelmente devido à força gravitacional da Terra". Com base nesse texto o articulista expandiu a matéria com facilidade.

É claro que todos os alunos do curso preparatório de biologia ao qual meu irmão compareceu naquele dia estavam muito interessados, mas não havia sinais de agitação atípica nas ruas. Os jornais da tarde inflaram as informações incompletas sob grandes manchetes. Não tinham nada a reportar além da movimentação das tropas no campo e o incêndio no pinhal entre Woking e Weybridge, até as oito. Então, o periódico *St. James's Gazette*, em edição extra, anunciou a interrupção das comunicações telegráficas. Pensava-se que isso era devido à queda dos pinheiros incendiados nas linhas de transmissão. Nada mais da batalha era sabido naquela noite, a noite da minha viagem até Leatherhead e a volta.

Meu irmão não se sentiu preocupado conosco, pois sabia pela descrição dos jornais que o cilindro estava a mais de cinco quilômetros da minha casa. Ele decidiu ir me visitar naquela noite para, como disse, ver as Coisas antes que fossem mortas. Mandou um telegrama, que nunca recebi, por volta das quatro horas, e passou a tarde em uma sala de concertos.

Também em Londres, no sábado à noite, houvera uma tempestade, e meu irmão chegou a Waterloo de cabriolé. Na plataforma de onde o trem da meia-noite normalmente partia, ele soube, depois de esperar um pouco, que um acidente impedia os trens de chegar a Woking naquela noite. A natureza do acidente ele não pôde confirmar; de fato, as autoridades ferroviárias não sabiam ao certo naquele momento. Havia pouco movimento na estação, uma vez que os oficiais, sem perceber que o problema era maior do que uma quebra de trilhos na junção de Byfleet com Woking, estavam remanejando os trens que normalmente passam por Woking para dar a volta por Virginia Water ou Guildford. Estavam ocupados tomando as providências necessárias para alterar a rota das viagens de Southampton e Portsmouth Sunday League. Um repórter do vespertino, confundindo meu irmão com um controlador de tráfego que se parecia com ele, acenou e tentou entrevistá-lo. Poucas pessoas, exceto os oficiais da ferrovia, relacionaram a quebra com os marcianos.

Li em outro relato que na manhã de sábado "toda Londres estava arrebatada com as notícias de Woking". Na verdade, não havia nada que justificasse a frase tão extravagante. Muitos londrinos não ouviram falar dos marcianos até o pânico na segunda-feira pela manhã. Aqueles que ouviram algo levaram algum tempo para entender tudo o que aqueles

A GUERRA DOS MUNDOS

telegramas sintéticos no jornal de domingo queriam dizer. A maioria das pessoas em Londres não lê os jornais de domingo.

O instinto de preservação pessoal, além de tudo, é tão enraizado na mente do londrino, e uma matéria desse tipo nos jornais surpreende tanto a inteligência, que eles eram capazes de lê-la sem nenhum tremor pessoal: "Na noite passada, por volta das sete horas, os marcianos saíram do cilindro e, movendo-se sob uma armadura de escudos metálicos, destruíram por completo a estação de Woking, as casas nas adjacências, e massacraram um batalhão inteiro do regimento de Cardigan. Não se conhecem mais detalhes. Os canhões foram inúteis contra as armaduras, e o armamento foi desmantelado por eles no local. A cavalaria foi enviada a Chertsey. Os marcianos parecem mover-se lentamente rumo a Chertsey ou Windsor. Há uma agitação grande em West Surrey, e os batedores foram enviados para acompanhar o avanço em direção a Londres". Foi assim que a edição de domingo do *Sun* noticiou, e um artigo inteligente que seguia bem o manual do jornalismo no *Referee* comparou o caso com a fuga repentina dos animais do zoológico de algum povoado.

Ninguém em Londres sabia com clareza a natureza das armaduras marcianas, e ainda havia uma ideia fixa de que esses monstros eram gosmentos; "rastejavam", "arrastavam-se com dificuldade", essas expressões estavam em quase todas as notícias iniciais. Nenhum dos telegramas deve ter sido escrito por uma testemunha dos ataques. Os jornais de domingo publicavam edições diferentes assim que as notícias chegavam – alguns tinham até um texto-padrão. Mas não havia praticamente mais nada a dizer às pessoas até o fim da tarde, quando as autoridades entregavam às agências as informações de que dispunham. Foi noticiado que a população de Walton, Weybridge e de todos os distritos próximos lotava as estradas rumo a Londres, e era só isso.

Meu irmão foi para a igreja no hospital Foundling pela manhã, ainda sem saber o que acontecera na noite anterior. Lá ouviu boatos de uma invasão e de uma prece especial pela paz. Ao sair, comprou um *Referee*. Ficou assustado com as notícias e voltou à estação Waterloo para descobrir que as comunicações foram restabelecidas. Diligências, carruagens, ciclistas e inúmeros pedestres em seus melhores trajes pareciam pouco abalados pelas notícias estranhas que os jornaleiros anunciavam. As pessoas estavam interessadas ou, se alarmadas, apenas com os residentes locais. Na estação ele ouviu pela primeira vez que as linhas de Windsor e Chertsey foram interrompidas. Os carregadores contaram que de manhã vários telegramas impressionantes foram recebidos das estações de Byfleet e Chertsey, mas as mensagens cessaram abruptamente. Meu irmão conseguiu poucos detalhes com eles.

A informação mais detalhada era: "há uma batalha em Weybridge".

Os trens naquele momento estavam muito desorganizados. Uma quantidade razoável de pessoas que esperavam amigos de lugares da malha sudoeste estava parada na estação. Um cavalheiro idoso de cabelo grisalho foi até o meu irmão e xingou a empresa ferroviária.

– Só querem se mostrar – disse.

Um ou outro trem chegou de Richmond, Putney e Kingston, trazendo pessoas que viajaram para passar o dia nas marinas e encontraram tudo fechado, além da sensação de pânico no ar. Um homem com um paletó azul e branco falou com o meu irmão, cheio de notícias estranhas.

– Uma multidão está a caminho de Kingston em charretes e carroças, com caixas, coisas de valor e tudo o mais – disse ele. – As pessoas estão vindo de Molesey, Weybridge e Walton, e dizem que ouviram tiros em Chertsey, um tiroteio intenso, e que soldados a cavalo lhes disseram que saíssem de vez porque os marcianos estavam chegando. Ouvimos disparos na estação de Hampton Court, mas achamos que eram trovões. Que diabos significa tudo isso? Os marcianos não podem sair daquele poço, podem?

Meu irmão não soube responder.

Algum tempo depois ele percebeu que um sentimento vago de desespero se espalhou entre os passageiros da ferrovia e que os turistas do domingo começaram a voltar de todas as partes do sudoeste – Barnes, Wimbledon, Richmond Park, Kew e outros lugares –, mas ninguém sabia nada além de rumores. Todos os que desciam no terminal pareciam furiosos.

Por volta das cinco da tarde, a multidão aglomerada na estação estava imensamente empolgada com a reabertura da linha de comunicação, quase sempre fechada, entre a malha sudeste e a sudoeste e com a passagem de carruagens abarrotadas de soldados e de armas enormes. Era o armamento trazido de Woolwich e Chatham para dar cobertura a Kingston. Houve troca de gentilezas como "vocês serão devorados!", "somos domadores de feras" e coisas do gênero. Um pouco depois disso, um esquadrão policial veio até a estação e começou a dispersar o público das plataformas, e meu irmão voltou para a rua.

Os sinos da igreja estavam chamando para a prece da noite, e um esquadrão do Exército da Salvação veio cantando de Waterloo Road. Na ponte alguns andarilhos observavam a estranha espuma marrom que vinha em pedaços pela correnteza. O sol se punha, e a torre do relógio e o Parlamento despontavam contra um dos céus mais pacíficos que se poderia imaginar, um céu de ouro entrecortado por longas faixas transversais de nuvens vermelho-arroxeadas. Havia uma conversa sobre um corpo boiando. Um dos homens, que disse ser reservista, contou ao meu irmão que vira um heliógrafo piscar a oeste.

Na Rua Wellington meu irmão encontrou uma dupla de carregadores que vinha correndo da Rua Fleet com jornais com a tinta ainda fresca e cartazes espalhafatosos.

– Catástrofe assustadora! – gritavam um para o outro pela Rua Wellington. – Batalha em Weybridge! Descrição completa! Marcianos rechaçados! Londres em perigo!

Ele pagou três centavos por um exemplar do jornal.

Só ali, naquele momento, ele compreendeu o tamanho do poder e terror daqueles monstros. Descobriu que eles não eram mero grupinho de criaturinhas gosmentas, e sim mentes que controlavam corpos mecânicos imensos e capazes de mover-se com rapidez e atacar com tanta força que nem mesmo as armas mais possantes tinham chance contra eles.

Eram descritos como "criaturas grandes parecidas com aranhas de quase trinta metros, com capacidade de mover-se na velocidade de um trem expresso e de lançar um raio de calor intenso". Baterias camufladas, compostas principalmente de armas de guerra, foram colocadas a postos no campo em Horsell, especialmente entre o distrito de Woking e Londres. Cinco máquinas foram vistas movendo-se em direção ao Tâmisa e uma, por sorte, foi destruída. Nos outros casos, as bombas falharam e as baterias foram aniquiladas de uma só vez pelos raios de calor. Baixas numerosas de soldados foram mencionadas, mas o tom da notícia era otimista.

Os marcianos foram repelidos; eles não eram invulneráveis. Recuaram para o seu triângulo de cilindros em volta de Woking. Batedores com heliógrafos os cercavam por todos os lados. Armas eram transportadas com rapidez de Windsor, Portsmouth, Aldershot, Woolwich – e até do norte; entre outras armas, canhões de longo alcance e de noventa e cinco toneladas vieram de Woolwich. Ao todo, cento e dezesseis estavam posicionados ou sendo posicionados com urgência, principalmente para proteger Londres. Nunca houve na Inglaterra tão rápida e vasta concentração de armamento militar.

Sobre os outros cilindros que caíram depois, havia a esperança de que pudessem ser destruídos de uma vez com grandes explosivos que estavam sendo produzidos e distribuídos rapidamente. Sem dúvida, seguia a reportagem, a situação era das mais estranhas e das mais graves, mas o público era estimulado a evitar e a não promover o pânico. É claro que os marcianos eram estranhos e terríveis ao extremo, mas não havia mais que vinte deles contra nossos milhões.

As autoridades tinham motivos para supor, baseadas no tamanho dos cilindros, que eles não poderiam conter mais que cinco marcianos em cada um, quinze ao todo. E pelo menos um foi destruído, talvez mais. O público seria informado a tempo da aproximação do perigo, e medidas elaboradas vinham sendo tomadas para proteger a pessoas das ameaças nos subúrbios do sudoeste. E assim, com garantias reiteradas da segurança de Londres e da habilidade das autoridades de lidar com a dificuldade, essa quase proclamação se encerrava.

Isso foi impresso com letras enormes em papel tão fresco que a tinta ainda pingava, e não houve tempo hábil de acrescentar uma única linha de comentários. Era curioso, disse meu irmão, a brutalidade com que as matérias corriqueiras do jornal foram eliminadas para dar espaço a isso.

Por toda a Rua Wellington viam-se pessoas virando e lendo as folhas rosa, e a Rua Strand foi tomada de repente por vozes barulhentas de vendedores ambulantes que seguiam esses pioneiros. Homens desciam apressados das diligências para garantir seu exemplar. Com certeza essas notícias animaram muito as pessoas, independentemente de sua apatia anterior. Na Rua Strand, as portas de uma loja de mapas estavam fechadas, relatou meu irmão, mas era possível ver em seu interior um homem em roupa de domingo e luvas amarelas colocando rapidamente na vitrine os mapas de Surrey.

Seguindo pela Strand até a Praça Trafalgar, com o jornal em mãos, meu irmão viu alguns fugitivos de West Surrey. Havia um homem com a esposa, dois filhos e algumas peças de mobiliário em uma charrete parecida com a dos feirantes. Ele vinha conduzindo-a desde a Ponte Westminster e, logo atrás dele, vinha um vagão de feno com cinco ou seis pessoas de aparência respeitável e algumas caixas e pacotes. Elas tinham ar abatido; sua aparência contrastava visivelmente com a elegância dominical dos passageiros dos transportes urbanos. Dos cabriolés, gente muito bem trajada olhava para elas. Pararam na praça como se não soubessem que caminho seguir; por fim, viraram para o leste na Strand. Um pouco atrás veio um homem com roupa de trabalho num daqueles triciclos antigos com rodinha na frente. O rosto dele estava sujo e manchado de branco.

Meu irmão virou na direção da estação Victoria e encontrou várias pessoas na mesma situação. Ele teve o pensamento fugaz de que talvez pudesse me encontrar. Notou uma quantidade anormal de policiais orientando o tráfego. Alguns dos refugiados trocavam informações com as pessoas nas diligências. Um deles confessou ter visto os marcianos.

– Vou te contar... Caldeiras com pernas de pau que andam pra lá e pra cá feito homens.

Na maioria eles pareciam animados e empolgados com suas experiências estranhas.

Passando Victoria, os bares faziam intercâmbio intenso com esses recém-chegados. Em todas as esquinas grupos de pessoas liam os jornais, falavam animadas ou admiravam os visitantes incomuns para um domingo. Parecia chegar mais gente conforme a noite caía, até que, por fim, as estradas, segundo meu irmão, ficaram movimentadas como a Rua Epsom High nos dias de corridas de cavalo. Meu irmão conversou com vários fugitivos e não obteve respostas satisfatórias.

Nenhum deles sabia dar informação sobre Woking, exceto um homem que lhe garantiu que o lugar inteiro fora destruído na noite anterior.

– Vim de Byfleet – contou. – O homem na bicicleta passou por lá logo cedo e foi de porta em porta mandando todo mundo sair. Depois chegaram os soldados. Saímos e vimos nuvens de fumaça vinda do sul, nada além de fumaça e nenhuma alma viva chegando daquela direção. Ouvimos os disparos em Chertsey e as pessoas vindas de Weybridge. Com tudo isso, tranquei minha casa e segui para cá.

Naquele momento era forte nas ruas o sentimento de que as autoridades eram culpadas por sua incapacidade de eliminar os invasores sem todos aqueles inconvenientes.

Por volta das oito horas, um som de artilharia pesada foi ouvido com muita clareza no sul de Londres. Meu irmão não conseguiu ouvir por causa do trânsito nas avenidas principais, mas quem andava pelas ruas silenciosas perto do rio identificava perfeitamente os sons.

Ele andou de Westminster até seu apartamento perto do Regent's Park, por volta das duas. Estava muito preocupado comigo e atormentado pela magnitude evidente do problema. A mente dele ficou acelerada tanto

A GUERRA DOS MUNDOS

quanto a minha, no sábado, ao pensar nos detalhes militares. Ele imaginou todas aquelas armas silenciosas preparadas que foram repentinamente transferidas para o interior; tentou imaginar uma "caldeira sobre pernas de pau" de trinta metros.

Havia uma ou duas carruagens com refugiados passando pela Rua Oxford e várias na estrada de Marylebone, mas as notícias estavam se espalhando tão devagar que as ruas Regente e Portland Place estavam tomadas pelo movimento normal das pessoas que passeiam domingo à noite. Apesar da algazarra de vários grupos, pela lateral do Regent's Park vários casais caminhavam silenciosos sob a iluminação esparsa dos postes a gás. A noite estava quente, parada e um pouco opressiva, o som das armas continuara intermitente e, depois da meia-noite, parecia haver um lençol de luz cobrindo o sul.

Ele leu e releu o jornal, temendo que o pior tivesse acontecido comigo. Estava inquieto e, depois de jantar, saiu novamente para andar sem rumo. Voltou e tentou em vão distrair a cabeça estudando suas anotações. Foi para a cama um pouco depois da meia-noite e foi acordado dos seus sonhos sombrios nas primeiras horas da segunda-feira pelos sons de batidas nas portas, correria nas ruas, um retumbar distante e o clamor dos sinos. Reflexos vermelhos dançavam no teto. Por um momento ficou deitado estupefato, pensando se o dia tinha chegado ou se o mundo enlouquecera. Então, saltou da cama e correu para a janela.

O quarto dele era em um sótão, e ele colocou a cabeça para fora e olhou para cima e para baixo na rua em que havia uma dúzia de ecos de barulhos de janelas que se abriam como a dele, e cabeças despenteadas pelo sono despontavam por todos os lados. Pessoas começaram a gritar perguntando o que estava acontecendo.

– Estão vindo! – berrou um policial batendo com força na porta. – Os marcianos estão vindo! – E corria para a porta seguinte.

O som de tambores e cornetas vinha do quartel da Rua Albany, e as igrejas da região se empenhavam em acabar com o sono de todos tocando os sinos sem parar em ritmo desordenado. Havia barulho de portas se abrindo, e uma janela atrás da outra nas casas da frente saía da escuridão com o brilho amarelo das lamparinas.

Descendo a rua veio galopando uma carruagem fechada, fazendo barulho abrupto na esquina, elevando até um clímax com os rangidos sob as janelas e sumindo aos poucos conforme se distanciava. Logo atrás vieram dois cabriolés, os primeiros de uma longa procissão de veículos em disparada, seguindo, na maioria, para a estação de Chalk Farm, onde os trens especiais da malha noroeste seriam despachados ladeira acima, em vez de descer para Euston.

Por um bom tempo meu irmão olhou fixamente pela janela vendo estupefato os policiais bater de porta em porta e berrar sua mensagem incompreensível. A porta atrás dele se abriu e o homem que morava do outro lado do corredor entrou, só de calças, camiseta e chinelos, chacoalhando os braços na altura da cintura, e com o cabelo desgrenhado de quem estava dormindo havia um bom tempo.

– Que diabos está acontecendo? – questionou. – Um incêndio? Que algazarra maldita!

Os dois enfiaram a cabeça na janela e ouviram o que o policial estava gritando. Pessoas vieram das ruas laterais e ficaram em grupos conversando nas esquinas.

– Que diabos é tudo isso? – perguntou o vizinho.

Meu irmão lhe respondeu vagamente e começou a se vestir, correndo até a janela cada vez que colocava uma peça para não perder nada da agitação que só aumentava. Do nada surgiram homens vendendo jornais muito antes da hora normal e gritando nas ruas:

– Londres corre o risco de ser cercada! As defesas de Kingston e Richmond estão comprometidas! Massacres terríveis no vale do Rio Tâmisa!

E ao redor dele – nos quartos abaixo, nas casas em todas as partes da rua, atrás no Park Terraces, em centenas de outras ruas daquela parte de

A GUERRA DOS MUNDOS

Marylebone, nos distritos de Westbourne Park e St. Pancras, a oeste e ao norte em Kilburn, St. John's Wood e Hampstead, ao leste em Shoreditch, Highbury, Haggerston e Hoxton e, na verdade, por toda imensidão de Londres desde Ealing até East Ham – as pessoas esfregavam os olhos, abriam as janelas para entender o que acontecia e lançar perguntas ao vento, vestiam-se apressadamente ao sentir o cheiro da tempestade de medo que permeava as ruas. Era o amanhecer do grande pânico. Londres, que fora para cama no domingo à noite distraída e inerte, acordava, nas primeiras horas da manhã de segunda-feira, com a vívida sensação de medo.

Incapaz de descobrir da janela o que estava acontecendo, meu irmão desceu e foi para a rua, bem na hora que o céu entre os parapeitos das casas ficou rosa com o princípio do alvorecer. O número de pessoas em disparada a pé ou em veículos aumentava sem parar. "Fumaça preta!", ele ouviu alguém gritar e, de novo, "fumaça preta!". O contágio do medo tão unânime era inevitável. Enquanto meu irmão hesitava na porta do prédio, viu outro jornaleiro se aproximar e comprou um jornal. O homem estava correndo junto com os outros e vendendo jornais pelo dobro do preço enquanto corria, numa mistura grotesca de lucro e pânico.

Nesse jornal meu irmão leu o anúncio catastrófico do comandante das Forças Armadas:

"Os marcianos são capazes de lançar nuvens enormes de um vapor negro venenoso por meio de foguetes. Eles sufocaram nossas tropas, destruíram Richmond, Kingston e Wimbledon e avançam lentamente rumo a Londres, destruindo tudo no caminho. É impossível pará-los. Não há nada que se possa fazer diante da fumaça negra além de fugir imediatamente".

Era tudo que dizia e era mais que suficiente. Toda a população de mais de seis milhões da cidade estava agitada, correndo, fugindo e, naquele momento, partia em massa para o norte.

– Fumaça negra! – gritavam as vozes. – Fogo!

Os sinos da igreja do bairro faziam um barulho terrível, uma charrete mal conduzida bateu, entre lamentos e xingamentos, ao deslizar na água da sarjeta. Luzes amarelas nauseantes se acendiam e se apagavam nas casas, e alguns dos cabriolés de passagem reluziam com as lanternas acesas. Acima, o amanhecer clareava, com um céu aberto, parado e calmo.

Ele ouviu sons de gente correndo de um cômodo a outro e subindo e descendo as escadas atrás dele. A proprietária do prédio dele veio até a porta; vestia um roupão mal amarrado e um xale, e o marido a seguia em disparada.

Meu irmão começou a perceber a importância daquilo tudo, voltou rapidamente para o quarto dele, colocou todo o dinheiro disponível, algo em torno de dez libras, nos bolsos e correu de volta para as ruas.

O QUE ACONTECEU EM SURREY

Naquele momento, enquanto o cura estava sentado e conversava comigo de forma alterada num canto da planície próximo a Halliford, e enquanto meu irmão observava a fila de fugitivos pela Ponte Westminster, os marcianos retomaram o ataque. Até agora, pelo que pudemos saber comparando vários depoimentos conflitantes que circularam, a maior parte deles permaneceu ocupada com os preparativos no poço em Horsell até as nove daquela noite, executando algum trabalho que liberava volumes enormes de fumaça verde.

Mas três deles, com certeza, saíram de lá às oito e avançaram lentamente e com cautela seguindo por Byfleet e Pyrford em direção a Ripley e Weybridge e, então, entraram no campo de visão dos batalhões contra o sol poente. Esses marcianos não avançavam em formação aberta, e sim em fileira, a mais ou menos dois quilômetros e meio do outro. Comunicavam-se entre si por meio de uivos parecidos com sirenes que oscilavam subindo e descendo o tom.

Foi esse uivo e os disparos em Ripley e em St. George's Hill que ouvimos em Upper Halliford. Os atiradores de Ripley, artilheiros voluntários sem treinamento que nunca foram postos naquela posição, dispararam sem estratégia e prematuramente uma salva ineficaz e saíram pela vila deserta em desabalada carreira, a cavalo e a pé, enquanto o marciano, sem usar o raio de calor, caminhava inesperadamente sobre as armas, pisava com delicadeza entre elas, posicionava-se à frente delas; então, de forma inesperada, partiu para cima das armas em Painshill Park e as destruiu.

Os homens em St. George's Hill, contudo, estavam mais bem preparados ou eram mais impetuosos. Protegidos pelo pinhal enquanto avançavam, aparentemente passaram despercebidos pelo marciano que estava mais próximo. Dispararam suas armas com a mesma precisão com que se movimentaram a novecentos metros de distância.

As bombas explodiram em volta do marciano, e ele foi visto avançar alguns poucos passos até que cambaleou e caiu. Todos gritaram juntos, e as armas foram recarregadas em ritmo frenético. A derrota do marciano provocou demorados gritos de festa, e, de imediato, um segundo gigante reluzente, respondendo ao chamado, apareceu sobre as árvores ao sul. Uma das pernas do tripé foi esmagada por uma das bombas. Uma segunda salva de disparos voou sobre o marciano no chão e, na mesma hora, seus dois companheiros trouxeram o raio de calor para atacar o batalhão. As munições explodiram, os pinheiros em volta das armas brilharam em chamas, e só escapou um ou outro homem que já tinha começado a fugir pelo topo da colina.

Depois disso, os três gigantes trocaram conselhos entre si e ficaram parados, e os batedores que estavam observando relataram que eles permaneceram imóveis pela meia hora seguinte. O marciano que fora derrotado rastejou tediosamente sem capacete – ele era uma figura marrom pequena de aparência muito estranha, ao longe parecia uma mancha de ferrugem – e, aparentemente, começou a consertar seu equipamento. Por volta das nove ele terminou, pois novamente o capacete foi visto sobre as árvores.

Já passavam alguns minutos das nove da noite quando quatro outros marcianos vieram encontrar os três sentinelas. Cada marciano carregava

A GUERRA DOS MUNDOS

um grosso tubo preto. Um tubo similar foi entregue a cada um dos três, e os sete passaram a distribuir-se, mantendo igual distância entre si, pela curva entre St. George's Hill, Weybridge e o vilarejo de Send, a sudoeste de Ripley.

Uma dúzia de foguetes surgiu na colina à frente deles assim que começaram a se mover, o que fez com que os batalhões no entorno de Ditton e Esher ficassem em alerta. Ao mesmo tempo, quatro de suas máquinas de guerra, também equipadas com tubos similares, cruzaram o rio, e dois deles, cuja silhueta escura contrastava com o céu do oeste, ficaram visíveis para mim e para o cura enquanto corríamos exaustos e doloridos pela estrada que sai de Halliford e segue para o norte. Eles se moviam, ao que nos parecia, em uma nuvem, pois uma névoa leitosa cobria os campos e se elevava até um terço da altura deles.

Diante dessa visão o cura soltou um lamento abafado e começou a correr; mas eu sabia que de nada adiantava correr de um marciano, então mudei de direção e rastejei pela grama entre os arbustos até uma vala larga ao lado da estrada. Ele olhou para trás, viu o que eu estava fazendo e deu meia-volta para vir me encontrar.

Os dois pararam; o mais próximo de nós estava de pé e de frente para Sunbury, e o mais distante parecia um borrão cinza indistinguível voltado para estrela da tarde, parado ao longe em direção a Staines.

O uivo eventual dos marcianos cessou; cada um assumiu sua posição formando uma curva imensa em torno dos seus cilindros e permaneceram em silêncio. Era um semicírculo de vinte quilômetros entre as pontas. Nunca, desde a invenção da pólvora, uma batalha teve início tão silencioso. Para nós e para um batedor em Ripley aquilo causou a mesma sensação, os marcianos pareciam ser os donos solitários da escuridão da noite, iluminados apenas pela lua estreita, as estrelas, os últimos reflexos do dia e o brilho escarlate vindo de St. George's Hill e da floresta de Painshill.

Mas, encarando aquela meia-lua em toda sua extensão, em Staines, Hounslow, Ditton, Esher, Ockham, por trás de colinas e florestas ao sul do rio e pelo gramado das planícies ao norte, onde quer que houvesse arvoredo ou vilarejo o suficiente para dar cobertura, havia armas que os aguardavam. Os foguetes sinalizadores explodiram, espalharam suas faíscas pela noite e desapareceram, e os ânimos de todos aqueles batalhões em prontidão foram tomados por tensa expectativa. Os marcianos não tinham opção além de avançar pela linha de fogo, e instantaneamente aquelas negras silhuetas humanas paralisadas, aquelas armas que tiniam de tão escuras no começo da noite, explodiriam como trovões em uma batalha furiosa.

Sem dúvida o pensamento predominante naquelas mil mentes em prontidão, pensamento que predominava até na minha mente, era uma série de enigmas: quanto sabem eles de nós? Imaginavam que nós, aos milhões, éramos organizados, disciplinados e trabalhávamos juntos? Ou interpretavam nossos disparos, os bombardeios repentinos, o ataque direto ao seu acampamento da mesma forma como o faríamos diante de um massacre unânime e furioso em meio a uma colmeia de abelhas conturbada? Sonhavam que podiam nos exterminar? (Àquela altura ninguém sabia de que se alimentavam.) Perguntas como essas se debatiam às centenas na minha cabeça enquanto eu observava a forma imensa do sentinela. E no fundo da minha mente pairavam dúvidas sobre as forças imensas e desconhecidas nos arredores de Londres. Prepararam armadilhas? As fábricas de munição em Hounslow foram transformadas em ciladas? Os londrinos teriam coragem o suficiente fazer como Moscou diante da invasão de Napoleão e queimar a cidade?

Então, depois de ficamos agachados espiando pela borda da vala durante alguns momentos que nos pareceram intermináveis, veio o som distante do disparo de uma arma. Outro mais próximo e depois outros. E o marciano mais próximo de nós elevou seu tubo como se fosse uma arma e disparou com um coice forte que fez o chão tremer. O outro que estava próximo de Staines respondeu. Não houve brilho nem fumaça, apenas a detonação da carga.

A GUERRA DOS MUNDOS

Eu estava tão excitado com as armas pesadas disparadas uma atrás da outra que me esqueci da minha segurança pessoal e das minhas mãos escaldadas quando escalei para fora da vala e olhei na direção de Sunbury. Assim que o fiz, um segundo ataque começou, e um projétil grande voou em direção a Hounslow. Eu esperava ver pelo menos fumaça ou fogo, ou alguma evidência de que algum alvo fora atingido. Mas tudo que vi foi o céu azul sobre mim, com uma única estrela solitária e uma neblina branca que se espalhava pela vastidão. Não houve barulho de coisa quebrando, nenhuma resposta à explosão. O silêncio foi restaurado; o tempo passou mais devagar.

– Que aconteceu? – perguntou o cura, de pé ao meu lado.

– Só Deus sabe! – respondi.

Um morcego passou voando e sumiu. Tumulto distante e gritaria se iniciaram e cessaram. Olhei de novo para o marciano e vi que ele se movia para o leste seguindo a margem do rio – com muita agilidade, como se deslizasse.

A todo instante eu esperava ouvir os disparos de algum batalhão escondido que o tivesse capturado de surpresa; mas a calma da noite seguia imperturbável. A silhueta do marciano ficou menor conforme ele se afastou, e logo a neblina e a escuridão da noite o engoliram. Por impulso conjunto subimos a um lugar mais alto. Na direção de Sunbury havia uma figura sombria, como se uma colina cônica lá tivesse surgido de repente, bloqueando nossa visão das terras mais distantes e, então, bem depois do rio, sobre Walton, vimos outro pico desses. Essas formas parecidas com colinas se avolumavam e ficavam mais largas diante dos nossos olhos.

Movido por um pensamento repentino, olhei para o norte e percebi que um terceiro desses objetos negros envolto em nuvens surgiu.

De repente tudo ficou muito parado. Ao longe no sul, quebrando o silêncio, ouvimos os marcianos piando uns para os outros e, então, o ar tremeu de novo com o estampido distante de suas armas. Mas a artilharia terrestre não contra-atacou.

Naquele momento não fomos capazes de entender o que acontecia, mas, depois, descobri o significado de tais figuras ameaçadoras que se reuniam durante o crepúsculo. Cada um dos marcianos que estavam parados no semicírculo gigante que descrevi havia disparado do tubo que carregavam, de modo parecido com uma arma, um tambor gigante sobre todas as colinas, bosques, vilas ou outros possíveis esconderijos de armas que estivessem diante deles. Alguns dispararam só um daqueles; quanto aos outros dois, como no caso do que presenciáramos, foi dito que o que estava em Ripley lançou ao menos cinco projéteis de uma vez só. Esse tambor se esmagava quando atingia o chão (eles não explodiam) e despejava de imediato enorme quantidade de um vapor preto que girava e subia na forma de nuvem negra gigante – uma montanha gasosa que se firmava e se esparramava lentamente sobre o entorno. E tocar esse vapor ou inalar seu cheiro intenso era garantia de morte para qualquer coisa que respirasse.

Era pesado esse vapor, mais pesado que a fumaça mais densa. Depois da primeira subida e do escoamento agitado causado pelo impacto, ele se firmava no ar e era derramado sobre a terra em forma mais de líquido que de gás, partindo das colinas e escorrendo por vales, valas e leitos de rio, agindo do mesmo modo que, dizem, o ácido carbônico emanado pelos vulcões. E onde essa substância se encontrava com a água alguma reação química ocorria, e a superfície era instantaneamente coberta por uma sujeira em pó que afundava lentamente deixando espaço para que mais daquele líquido se solidificasse. A sujeira era absolutamente insolúvel, e uma coisa estranha, dado o efeito instantâneo do gás, era que qualquer um que bebesse aquilo na água turva não passaria mal. O vapor não se difundia como gás de verdade. Ficava suspenso em bolsões, flutuava como algo gosmento descendo uma colina, era conduzido de forma relutante pelo vento, mesclava-se lentamente com a neblina e com a umidade do ar e caía em terra na forma de poeira. Exceto por um elemento desconhecido que gera um grupo de quatro linhas azuis no espectrômetro, ainda não sabemos nada sobre a natureza dessa substância.

A GUERRA DOS MUNDOS

Assim que o levante tumultuado da dispersão se acabou, a fumaça preta se acumulou tão perto do chão, mesmo antes da precipitação, que subindo quinze metros acima no ar, sobre os telhados, nos andares superiores das casas altas e nas árvores maiores, havia uma chance de escapar do envenenamento, como foi provado naquela mesma noite em Street Cobham e Ditton.

O homem que escapou nesse último lugar contou uma história fantástica sobre a estranheza do fluxo circular do gás e sobre ter visto, de cima do pináculo da igreja, as casas das vilas despontando como fantasmas naquele vazio negro. Por um dia e meio ele ficou lá, exausto, faminto e castigado pelo sol, enquanto na Terra sob o céu azul recortado pelas colinas distantes um veludo preto se expandia entre telhados vermelhos e árvores verdes, e sob a luz do sol surgiam aqui e ali edículas, paredes, arbustos, portões e celeiros cobertos por um véu negro.

Mas isso foi em Street Cobham, onde o vapor preto pôde ficar até que caísse a seu tempo sobre o solo. Em geral, depois de realizarem seu objetivo os marcianos limpavam o ar com um jato de vapor por entre as nuvens.

Fizeram isso com os bolsões de vapor próximos a nós, como vimos sob a luz das estrelas da janela de uma casa deserta em Upper Halliford, aonde retornamos e de onde vimos os holofotes cujos fachos eram projetados ora em Richmond Hill, ora em Kingston Hill. Por volta das onze, as janelas tremeram, e ouvimos o som das armas enormes do cerco que haviam sido posicionadas em Upper Halliford. Isso continuou de forma intermitente por uns quinze minutos, com tiros aleatórios sendo disparados em marcianos invisíveis em Hampton e Ditton. Logo os raios pálidos de luz elétrica sumiram e foram substituídos por intenso brilho vermelho.

Então o quarto cilindro, um meteoro verde brilhante, caiu em Bushey Park, conforme eu soube posteriormente. Antes de começarem os disparos no entorno das colinas de Richmond e Kingston, houve alguns outros isolados bem longe no Sudoeste, acho que em decorrência de um ataque prematuro aleatório antes de a artilharia ser sufocada pelo vapor preto.

E assim, com a meticulosidade de quem fumegasse um enxame de vespas, os marcianos espalharam esse estranho vapor sufocante sobre todo o entorno da região de Londres. As pontas do semicírculo se moveram lentamente até que, por fim, formaram uma linha de Hanwell até Coombe e Malden. Por toda a noite os tubos destrutivos avançaram. Em nenhum momento, desde que um deles fora derrubado em St. George's Hill, deram a menor chance à artilharia para que os atacasse. Sempre que havia a possibilidade de alguma arma estar escondida, um novo tambor de vapor preto era lançado, e onde as armas estavam à vista eles usavam o raio de calor.

À meia-noite as árvores em chamas pelas planícies de Richmond Park e o brilho em Kingston Hill iluminaram a noite encoberta pela fumaça negra que obscurecia todo o vale do Rio Tâmisa e se espalhava até onde a vista alcançava. No meio disso, dois marcianos caminhavam e apontavam seus jatos de vapor sibilantes de um lado a outro.

Naquela noite eles pouparam o raio de calor, seja porque seu suprimento para produzi-lo era limitado, seja porque não desejavam destruir tudo, só esmagar e derrotar os inimigos que se levantassem contra eles. Neste último objetivo, foram certamente bem-sucedidos. Segunda à noite foi o fim dos ataques organizados contra eles. Depois disso, nenhum homem se levantaria contra eles, de tão desesperançada era a empreitada. Até mesmo as esquadras e os contratorpedeiros que levaram suas armas de ataque rápido até o Tâmisa se recusaram a entrar em combate – a tripulação se amotinou e voltou pelo rio. A única ofensiva tentada depois daquela noite foi a preparação de minas e armadilhas, mesmo assim com muito medo e hesitação.

Só é possível imaginar o destino daqueles batalhões que seguiam para Esher e esperavam tensos no crepúsculo. Não houve sobreviventes. É possível imaginar a ansiedade de todos, os oficiais em alerta e vigilantes, os armeiros prontos, a munição empilhada bem à mão, os armeiros móveis com os cavalos e carruagens, os grupos de observadores civis

A GUERRA DOS MUNDOS

parados tão perto quanto lhes era permitido, a quietude da noite, as ambulâncias e os hospitais de campanha com as vítimas de queimadura e os feridos de Weybridge. E, então, a tediosa ressonância dos disparos dos marcianos e os projéteis desajeitados girando sobre as árvores e casas e esmagando os campos nas redondezas.

Imaginem-se, também, a mudança repentina da atenção, os rodopios e a escuridão que tão rápido se expandia e avançava encobrindo o céu, transformando o crepúsculo em escuridão palpável, um estranho e horrível antagonista de vapor que andava por sobre suas vítimas, cavalos desnorteados, homens desnorteados correndo, gritando, caindo de cabeça, emitindo lamentos de desespero, armas de súbito abandonadas, homens sufocando e se contorcendo no chão e o cone de fumaça opaca se avolumando velozmente. E, por fim, a noite e a extinção, nada além de uma massa silenciosa e impenetrável de vapor que ocultava a morte.

Antes do amanhecer o vapor negro se condensava pelas ruas de Richmond, e o órgão governamental que se desintegrava estava, em seu último suspiro, alertando a população de Londres da necessidade de fugir.

O ÊXODO DE LONDRES

Agora você compreende a onda crescente de medo que se espalhou pela maior cidade do mundo assim que o sol raiou na segunda-feira – a correnteza da fuga se avolumou até virar uma torrente, tornou-se um tumulto espumoso em volta das estações de trem, acumulou-se em uma briga horrível pelos navios no Tâmisa e fluiu por todo os canais disponíveis ao norte e ao leste. Às dez horas foi a polícia, e ao meio-dia até os funcionários da ferrovia estavam perdendo a razão, perdendo a organização e a eficiência, despedaçando-se, amolecendo-se, esparramando-se finalmente naquela veloz liquefação da estrutura social.

Todas as linhas férreas no norte do Tâmisa e as pessoas do sudeste na Rua Cannon foram alertadas à meia-noite de domingo, e os trens ficaram lotados. As pessoas brigavam com selvageria por vagas em pé em carruagens, isso antes mesmo das duas horas. As três, já eram empurradas e pisoteadas até na Rua Bishopsgate, a quase duzentos metros ou mais na estação da Rua Liverpool; tiros de revólver foram disparados, alguém foi esfaqueado, e o policial enviado para controlar o trânsito, exausto e furioso, batia na cara das pessoas que deveria proteger.

A GUERRA DOS MUNDOS

Conforme o dia avançava os maquinistas de trem e os carvoeiros se recusavam a voltar para Londres, e a pressão da fuga fez a multidão que só aumentava afastar-se das estações e ir para as estradas ao norte. Ao meio-dia um marciano foi avistado em Barnes, e uma nuvem de vapor preto que descia lentamente seguiu pelo Tâmisa e pelas planícies de Lambeth, impedindo com seu avanço rastejante a fuga pelas pontes. Outra nuvem veio pelo Ealing e cercou a pequena ilha de sobreviventes em Castle Hill – vivos, mas incapazes de fugir.

Depois de uma luta infrutífera para embarcar no trem da linha noroeste em Chalk Farm – os trens que foram carregados no pátio de carga passaram por pessoas que gritavam, e uma dúzia de homens robustos lutou para impedir que a multidão esmagasse o maquinista contra sua fornalha –, meu irmão emergiu na estrada de Chalk Farm, esquivou-se de um enxame acelerado de veículos e teve a sorte de ser o primeiro a saquear uma loja de bicicletas. O pneu dianteiro da que ele pegou foi perfurado pelo vidro ao passar através da vitrine, mas ele montou nela e seguiu assim mesmo, sem nenhum ferimento além de um corte no pulso. O sopé irregular de Haverstock Hill estava intransitável por causa de vários cavalos caídos, e meu irmão avançou pela estrada Belsize.

Ele escapou da fúria e do pânico e, dando a volta pela estrada de Edgware, chegou a Edgware por volta das sete horas, faminto e cansado, mas bem antes da multidão. Pela estrada passaram pessoas curiosas que observavam a situação. Ele foi ultrapassado por vários ciclistas, alguns cavaleiros e dois carros motorizados. Faltando dois quilômetros para Edgware, o aro da roda quebrou e a bicicleta ficou imprestável. Ele a deixou na beira da estrada e se arrastou até a vila. Havia lojas com as portas entreabertas na rua principal e pessoas amontoadas nas calçadas, portões e janelas que olhavam com espanto a procissão extraordinária de fugitivos que se iniciou. Ele conseguiu comer em uma estalagem.

Por algum tempo ficou em Edgware sem saber o que fazer a seguir. O contingente de fugitivos só aumentava. Muitos deles, como meu irmão, pareciam dispostos a vagar pelo lugar. Não havia notícias frescas dos invasores de Marte.

Naquela hora a estrada estava cheia, mas, ainda assim, longe de congestionada. A maior parte dos fugitivos usava bicicleta, mas logo apareceram carros motorizados, cabriolés e carruagens, e a poeira se acumulou em nuvens pesadas ao longo da estrada para St. Albans.

Foi por fim a vaga ideia de seguir para Chelmsford, onde moravam alguns amigos seus, que induziu meu irmão a ir por uma rua tranquila que dava para o leste. Logo chegou a um degrau e, depois de passá-lo, continuou pela trilha sentido nordeste. Passou perto de várias casas em fazendas e alguns lugares pequenos cujos nomes não descobriu. Viu poucos fugitivos até chegar a uma via gramada para High Barnet, onde por acaso encontrou duas mulheres que viraram suas companheiras de viagem. Encontrou-as bem a tempo de salvá-las.

Ouviu os gritos delas e, correndo até uma esquina, viu dois homens que tentavam tirá-las à força da carruagem pequena que estavam conduzindo, enquanto um terceiro segurava com dificuldade a cabeça do cavalo assustado. Uma das mulheres, baixa, vestida de branco, estava apenas gritando; a outra, cuja silhueta era escura e esguia, chicoteava o homem que lhe agarrou o braço.

Meu irmão de imediato tomou pé da situação, gritou e correu em direção à briga. Um dos homens parou o que estava fazendo e virou-se para ele, que, percebendo pela expressão do seu antagonista que a briga era inevitável e por ser exímio boxeador, o atacou primeiro e o mandou para o chão perto da roda da carruagem.

Não era o momento de agir com espírito esportivo e meu irmão o fez desmaiar com um chute e agarrou a gola do homem que puxava o braço da mulher magra. Ouviu o barulho de cascos, o chicote acertou-lhe o rosto, o terceiro antagonista o golpeou entre os olhos, e o homem se libertou e fugiu pela ladeira pelo mesmo caminho de onde meu irmão viera.

Meio atordoado, ele se viu diante do homem que segurava a cabeça do cavalo e percebeu que a carruagem descia a rua balançando de um lado a outro e que as mulheres dentro do veículo olhavam para trás. O homem diante dele, um brutamontes, tentou aproximar-se, e meu irmão o deteve com um soco no rosto. Então, percebendo que estava sozinho, esquivou-se e seguiu pela via de onde a carruagem viera, com o outro homem bem atrás dele, e o fugitivo, que tinha mudado de rumo, os acompanhava de longe.

De repente, cambaleou e caiu; seu perseguidor mais próximo veio para cima e ele se levantou e se viu contra dois antagonistas de novo. Ele teria tido pouca chance contra eles se a mulher esguia, muito corajosa, não tivesse voltado para ajudá-lo. Ao que parece ela tinha um revólver esse tempo todo, mas estava guardado embaixo do banco quando ela e a companheira foram atacadas. Ela disparou a cinco metros de distância e por pouco não acertou meu irmão. O assaltante menos corajoso fugiu e seu companheiro o seguiu, xingando-o pela covardia. Ambos pararam um pouco mais à frente na rua onde o terceiro homem estava imóvel.

– Pegue isso! – disse a mulher magra, e entregou o revólver ao meu irmão.

– Volte para a carruagem – disse meu irmão, limpando o sangue do lábio cortado.

Ela se virou sem dizer uma palavra, ambos ofegantes, e voltou para o local onde a mulher de branco lutava para acalmar o cavalo assustado.

Os ladrões tinham evidentemente desistido. Quando meu irmão olhou de novo, estavam fugindo.

– Vou sentar aqui – disse meu irmão –, se não for incômodo. – E subiu no banco vazio na dianteira da carruagem. A mulher olhou por cima do ombro.

– Pode me dar as rédeas – disse ela, e chicoteou o lombo do cavalo. Em pouco tempo a inclinação da estrada ocultou os homens da vista do meu irmão.

Então, inesperadamente, meu irmão se viu ofegante, com um corte na boca, o queixo machucado, os punhos manchados de sangue, seguindo por uma estrada desconhecida com as duas mulheres.

Descobriu que eram a esposa e a irmã mais nova de um cirurgião que morava em Stanmore. Ele tinha saído de madrugada para atender um caso complicado em Pinner e a caminho ouviu em uma estação ferroviária que os marcianos estavam avançando. Correu para casa, acordou as mulheres – o empregado tinha partido dois dias antes que ele –, embalaram algumas provisões, colocaram o revólver sob o banco (para a sorte do meu irmão) e lhes disse que seguissem para Edgware, onde pegariam um trem. Ele ficou para trás para avisar os vizinhos. Ele as alcançaria, tinha dito, por volta das quatro e meia da manhã, mas já era quase nove horas e nem sinal dele. Não puderam parar em Edgware por causa do trânsito, que piorava, e tiveram de ir por aquele caminho.

Essa foi a história que contaram ao meu irmão em fragmentos quando pararam de novo perto de New Barnet. Ele prometeu ficar com elas até pelo menos terem ideia do que fariam ou até que o homem desaparecido chegasse. Para acalmá-las, disse que era especialista em tiro de revólver (arma que nunca manuseara).

Montaram um pequeno acampamento ao lado da via e o cavalo ficou comendo feliz em uma cerca. Ele lhes contou a história da fuga de Londres e tudo que sabia sobre os marcianos e os ataques. O sol brilhava alto no céu, e algum tempo depois o assunto acabou e a conversa deu espaço a um estado inquieto de ansiedade. Vários viajantes passaram pela estrada, e meu irmão tentou descobrir com eles o máximo de novidades que podia. Cada informação fragmentada que recebia aumentava sua impressão de que um grande desastre recaíra sobre a humanidade, aumentava sua convicção da necessidade imediata de prosseguir com a fuga. Ele insistiu no assunto com elas.

– Nós temos dinheiro – disse a mulher magra, e hesitou.

Os olhos dela encontraram os do meu irmão e a hesitação terminou.

– Eu também tenho – disse meu irmão.

Ela explicou que tinha mais de trinta libras em ouro, além de uma nota de cinco libras, e sugeriu que, com aquilo, poderiam pegar um trem em St. Albans ou New Barnet. Meu irmão achou que não havia chances disso tendo em vista a fúria dos londrinos ao se aglomerar nos trens, e lançou sua sugestão de seguirem por Essex em direção a Harwich e de lá abandonar de vez o país. A senhora Elphinstone, esse era o nome da mulher de branco, não recobrava a razão e continuava chamando pelo "George", mas a cunhada estava surpreendentemente quieta e objetiva. Por fim, concordou com a sugestão do meu irmão. Então, com o intuito de cruzar a grande rodovia do norte, foram em direção a Barnet – meu irmão conduzia o cavalo para poupá-lo o máximo possível. Conforme o sol subia, o dia ficava cada vez mais quente, a areia grossa e esbranquiçada ardia e seu brilho cegava os olhos, de modo que viajaram muito devagar. As cercas estavam cinza por causa da poeira. À medida que avançavam em direção a Barnet, crescia o som de tumulto.

Começaram a encontrar mais pessoas. A maioria os encarava, murmurava perguntas incompreensíveis – elas estavam sujas, abatidas, cansadas. Um homem em roupa de festa passou por eles a pé, com os olhos no chão. Ouviram sua voz e, olhando-o, viram que uma de suas mãos puxava o cabelo e outra golpeava coisas invisíveis. O surto de raiva terminou, e ele seguiu seu caminho sem olhar para trás uma única vez.

Seguindo rumo à encruzilhada para o sul de Barnet, meu irmão e as senhoras viram uma mulher se aproximando da estrada pelos campos à sua esquerda carregando uma criança e acompanhada de outras duas; depois passou um homem todo sujo de preto, com um bastão grosso em uma mão e uma maleta pequena na outra. Em uma curva do trajeto, entre os vilarejos perto da confluência com a estrada principal, veio uma charrete pequena puxada por um cavalo preto suado e conduzida por um jovem pálido de chapéu-coco, coberto de poeira cinza. Levava três garotas, operárias das fábricas de East End, e duas crianças pequenas amontoadas na charrete.

– Seguindo por aqui damos a volta por Edgware? – perguntou o condutor, com os olhos arregalados e o rosto pálido. – Quando meu irmão lhe respondeu que sim se ele virasse à esquerda, ele chicoteou o cavalo e seguiu sem se preocupar com formalidades como dizer obrigado.

Meu irmão percebeu uma pálida fumaça ou neblina cinza subindo por entre as casas à frente deles e cobrindo como um véu a fachada branca de um terraço além da estrada que despontava em meio às casas de campo vistas pelos fundos. A senhora Elphinstone gritou de repente diante das línguas de fogo que pululavam encobrindo as casas à frente e recortando o quente céu azul. O barulho de tumulto se tornava uma mistura desordenada de muitas vozes com o ruído de muitas rodas, rangido das carruagens e estalar dos telhados. A via fazia uma curva fechada a menos de cinquenta metros da encruzilhada.

– Por Deus! – gritou a senhora Elphinstone. – Que lugar é esse para onde você está nos levando!

Meu irmão parou.

Pela estrada principal havia uma corrente fervilhante de pessoas, uma torrente de seres humanos correndo para o norte e imprensando uns aos outros. Uma nuvem grande de poeira, branca e luminosa sob o sol escaldante, deixou irreconhecível tudo que estava a três metros do chão cinza e foi perpetuamente renovada pelos passos apressados da multidão densa de cavalos, homens e mulheres a pé e rodas de veículos de todos os tipos.

– Saiam da frente! – meu irmão ouviu vozes gritando. – Abram caminho!

Tentar chegar à bifurcação da rua com a estrada era como entrar em fumaça de incêndio; a multidão crepitava como fogo, a poeira era quente e penetrante. E, um pouco acima na estrada, uma casa estava de fato em chamas, emanando massas volumosas de fumaça preta na estrada para engrossar a confusão.

Dois homens passaram por eles. Depois uma mulher suja carregando um pacote pesado e chorando. Um cão labrador perdido, com a língua de fora, deu voltas hesitantes em torno deles, assustado, e fugiu quando meu irmão o espantou.

A GUERRA DOS MUNDOS

O máximo que eles conseguiam enxergar da estrada para Londres entre as casas à direita era uma correnteza tumultuada de sujeira, pessoas apressadas, encurraladas entre as casas de campo dos dois lados; cabeças negras e formas aglomeradas ficavam mais claras conforme eles corriam até a esquina, avançavam e uma vez mais fundiam sua individualidade na multidão em fuga e por fim engolida na nuvem de poeira.

– Andem! Andem! – gritavam as vozes. – Saiam da frente! Saiam da frente!

A mão de um empurrava as costas de outro. Meu irmão ficou perto da cabeça do cavalo. Sentindo uma atração irresistível, avançou devagar, passo a passo, pela rua.

Edgware era uma confusão generalizada, Chalk Farm um tumulto revoltado, mas aquilo era toda uma população em movimento. É difícil imaginar tal conjunto. Não havia uma característica unificadora. As silhuetas fluíam depois da esquina e seguiam de costas para o grupo na via. Pelo canto vinham os que estavam a pé e com medo das rodas, tropeçando em valas, trombando uns com os outros.

As charretes e carruagens se acumulavam uma atrás da outra, deixando pouco espaço para os veículos mais velozes e impacientes que avançavam toda vez que uma oportunidade surgia, forçando as pessoas a espalhar-se grudadas nas cercas e portões das casas.

– Mais rápido! – era o grito. – Mais rápido! Eles estão vindo!

Em uma charrete um cego que estava de pé e trajava o uniforme do Exército da Salvação gesticulava com seus dedos tortos e berrava:

– Eternidade! Eternidade!

A voz dele era rouca e tão alta que meu irmão podia ouvi-lo bem depois de ele desaparecer no meio da poeira. Algumas pessoas amontoadas em charretes chicoteavam estupidamente os cavalos e brigavam com outros condutores; alguns sentavam e olhavam para o nada com olhos miseráveis; alguns roíam os dedos de ansiedade ou deitavam prostrados no chão do seu veículo. Os cavalos espumavam o focinho e tinham os olhos vermelhos.

Havia cabriolés, carruagens, carroças, carriolas, diligências e tudo o mais em tamanha quantidade que não era possível nem contar; um veículo dos correios, um de limpeza de estrada com a placa "Paróquia de São Pancras", um vagão de madeira enorme com pessoas mal acomodadas. O transporte de uma cervejaria passou com duas das suas rodas manchadas de sangue.

– Abram caminho! – gritavam as vozes. – Abram caminho!

– Eternidade! Eternidade! – ecoou pela estrada.

Mulheres tristes e abatidas perambulavam, bem-vestidas, com crianças chorando e tropeçando, com a roupa fina escondida pela poeira e o rosto exausto borrado de lágrimas. Com muitas delas vinham homens, alguns prestativos, alguns rudes e selvagens. Em disputa lado a lado com eles, alguns renegados da rua vestiam trapos pretos desbotados, arregalavam os olhos, proferiam impropérios. Havia trabalhadores robustos que abriam caminho à força, homens deploráveis e desleixados, homens vestidos como escrivães ou vendedores, homens que se debatiam espasmodicamente; um soldado ferido que meu irmão notou, homens vestidos com uniforme de ferroviário e uma criatura desolada de camisola e um casaco jogado por cima.

Por mais variado que fosse o conjunto, havia algumas coisas em comum. Nos rostos, dor e medo; por trás, o medo. Um tumulto na estrada, uma briga por vaga em diligência, fez todo o bloco apressar o passo; por alguns instantes, um homem tão assustado e abatido que seus joelhos se dobravam voltou à ativa. O calor e a poeira já afetavam a multidão. A pele deles estava seca, os lábios pretos e rachados. Todos sedentos, exaustos e doloridos nos pés. E entre os vários lamentos se ouviam disputas, reprovações, gemidos de fadiga; a voz da maioria estava rouca e fraca. No meio de tudo um refrão:

– Saiam da frente! Saiam da frente! Os marcianos estão chegando!

A GUERRA DOS MUNDOS

Alguns paravam à margem do fluxo. Ao encontrar a estrada principal a pista ficava inclinada, e a junção estreita, dando a falsa impressão de vir do sentido de Londres. Mesmo assim, algo semelhante a um turbilhão de gente prosseguiu por dentro da abertura; os mais fracos foram acotovelados para fora da correnteza e, na maioria, aproveitaram para descansar antes de arremeter. Um pouco mais à frente, com dois amigos a apoiá-lo, um homem tinha uma das pernas enfaixada com trapos ensanguentados. Por sorte tinha amigos.

Um velhinho com bigode militar grisalho e um longo casaco preto e imundo mancava. Ele sentou numa pedra, descalçou a bota – a meia estava ensopada de sangue –, chacoalhou-a para tirar uma pedrinha e voltou a andar mancando; em seguida uma garotinha de 8 ou 9 anos, sozinha, desabou em prantos debaixo de uma sebe, perto do meu irmão.

– Não posso ir! Não posso ir!

Meu irmão despertou de seu torpor de espanto e a levantou, falou gentilmente com ela e a carregou até a senhorita Elphinstone. Assim que meu irmão a tocou, ela ficou paralisada, como se tivesse assustada.

– Ellen! – gritou uma mulher na multidão, com lágrimas nos olhos – Ellen!

E a criança de repente, chorando, largou meu irmão e saiu correndo e gritando:

– Mamãe!

– Estão vindo – disse um homem que passava a cavalo pela lateral da pista.

– Saia da frente! – berrou o cocheiro, e meu irmão viu uma carruagem fechada fazendo a curva.

As pessoas se apertaram para escapar do cavalo. Meu irmão empurrou o animal e o veículo para o canto, e o homem passou e parou onde o caminho fazia outra curva. Era uma carruagem grande, feita para dois cavalos, mas com um apenas. Meu irmão viu com dificuldade por meio da poeira que dois homens ergueram algo em uma maca branca e a colocaram gentilmente na grama sob o toldo da carruagem.

Um dos homens veio correndo até o meu irmão.

– Onde tem água? – perguntou. – Ele está morrendo rápido e com muita sede. É o lorde Garrick.

– Lorde Garrick! – disse meu irmão – o ministro da Justiça?

– Cadê a água? – perguntou o homem.

– Deve haver uma torneira – respondeu meu irmão – em alguma das casas. Não temos água e não vou deixar o meu pessoal aqui.

O homem abriu caminho pela multidão rumo ao portão de uma casa de esquina.

– Vá embora! – diziam as pessoas empurrando-o. – Eles estão chegando! Vá embora!

Então a atenção do meu irmão voltou-se para um homem barbado de rosto aquilino carregando uma mala pequena, que se abriu bem na hora que meu irmão estava olhando e despejou uma massa de moedas de ouro que pareceu partir-se em moedas separadas quando bateu no chão. Elas rolaram para todos os lados entre os pés inquietos de homens e cavalos. O homem parou e olhou sem saber o que fazer diante daquilo, e o eixo de um cabriolé o acertou-lhe o ombro arremessando-o ao chão. Ele deu um grito, saltou para trás e uma carriola passou rente a ele.

– Saia da frente! – gritaram todos os homens em volta dele. – Abra o caminho!

Assim que o cabriolé passou, ele se jogou, com as duas mãos abertas, sobre o monte de moedas e começou a enfiá-las nos bolsos aos punhados. Um cavalo surgiu bem perto dele e, pouco depois, quando estava se levantando, ele foi derrubado pelos cascos do animal.

– Pare! – gritou meu irmão e, empurrando uma mulher para abrir passagem, tentou agarrar a rédea do cavalo.

Antes que conseguisse, ouviu um grito sob as rodas e pela poeira viu uma roda passar por cima das costas do pobre coitado. O condutor acertou

A GUERRA DOS MUNDOS

uma chicotada no meu irmão, que deu a volta em torno da charrete. Os gritos da multidão o confundiram. O homem estava se contorcendo na poeira no meio do dinheiro esparramado, incapaz de se levantar porque a roda lhe quebrara a coluna e lhe imobilizara as pernas. Meu irmão ficou de pé e gritou para o condutor mais próximo, e um homem montado num cavalo preto veio em seu auxílio.

– Tire-o da estrada! – disse, e agarrando com a mão livre o colarinho do homem, meu irmão o arrastou para o lado. Mas ele ainda se agarrava ao dinheiro e se debatia contra o meu irmão com força, batendo no braço dele com um punhado de ouro.

– Anda! Anda! – gritaram vozes irritadas vindas de trás.

– Sai da frente! Sai da frente!

Houve uma batida quando o eixo de uma carruagem se chocou com a carroça que o homem montado a cavalo mandou parar. Meu irmão olhou e o homem com o ouro virou a cabeça e mordeu o punho que lhe segurava o pescoço. Houve uma colisão e o cavalo preto foi cambaleando para o lado, puxando a charrete com ele. Por pouco um casco não pisoteou o pé do meu irmão. Ele soltou o homem caído e pulou para trás. Viu a raiva se transformar em terror no rosto do pobre infeliz no chão, e num instante ele ficou oculto e meu irmão foi puxado e carregado para a entrada da pista e teve de debater-se com força na aglomeração de pessoas para recuperar-se.

Ele viu a senhorita Elphinstone cobrir os olhos e uma criança pequena, com toda sua ingenuidade infantil, encarar com os olhos arregalados algo empoeirado, deitado imóvel, afundado e esmagado por rodas em movimento.

– Vamos voltar! – gritou ele, e começou a virar o cavalo. – Não podemos atravessar este inferno – disse. – E voltaram noventa metros pelo caminho em que vieram, até que não já pudessem ver a briga da multidão. Assim que passaram a curva da pista, meu irmão viu o rosto do homem que estava morrendo na vala sob o toldo, pálido como cadáver e

119

encharcado e reluzente pela transpiração. As duas mulheres ficaram em silêncio, agachadas e trêmulas em seus assentos.

Passada a curva, meu irmão parou de novo. A senhorita Elphinstone estava pálida e sua cunhada chorava, abatida demais até para chamar pelo "George". Meu irmão estava horrorizado e perplexo. Assim que recuaram ele percebeu quão urgente e inevitável era a tentativa de fazer aquela travessia. Ele se virou para a senhorita Elphinstone, repentinamente decidido.

– Temos que ir por ali – disse ele –, e conduziu o cavalo de volta.

Pela segunda vez naquele dia a garota provou sua força. Para abrir caminho entre a torrente de pessoas, meu irmão se jogou no tráfego e segurou o cavalo de um cabriolé, enquanto ela conduziu o cavalo deles. Uma diligência travou as rodas por um momento e arranhou um bom pedaço de uma charrete. Em um instante foram levados pela correnteza. Meu irmão, com as marcas no rosto e nas mãos das chicotadas que levara do cocheiro do cabriolé, subiu na charrete e pegou as rédeas das mãos dela.

– Aponte o revólver para aquele homem lá atrás – disse ele, passando a arma para ela – caso ele tente nos pressionar. Não! Aponte para o cavalo.

Ele então começou a procurar uma chance de ir para a direita na estrada. Mas uma vez dentro da correnteza ele parecia ter perdido a disposição, e se tornou parte daquela rota empoeirada. Passaram direto por Chipping Barnet com a correnteza; estavam a quase um quilômetro e meio do centro da cidade antes de conseguirem vencer a luta para chegar ao lado oposto da pista. O barulho e a confusão eram indescritíveis; mas eles entravam e seguiam por cidades e encruzilhadas uma atrás da outra, o que, até certo ponto, aliviava o estresse.

Avançaram para o leste passando por Hadley e lá, dos dois lados da estrada e em outro lugar à frente, onde encontraram uma multidão bebendo num rio, havia brigas para chegar até a água. E mais adiante, num momento de calmaria perto de East Barnet, viram dois trens seguir devagar, um atrás do outro, sem sinalização ou ordem – trens lotados,

A GUERRA DOS MUNDOS

com homens até mesmo no meio do carvão depois da locomotiva – indo para o norte pela grande ferrovia do norte. Meu irmão supôs que eles começaram a lotar fora de Londres, porque naquela hora o terror furioso das pessoas teria impossibilitado o uso do terminal central.

Próximo desse lugar eles pararam para o descanso da tarde, pois a violência do dia já havia exaurido os três ao extremo. Eles começaram a sofrer de um princípio de fome; a noite estava fria, e nenhum deles tinha coragem de dormir. E no fim da tarde muitas pessoas vieram correndo pela estrada perto do lugar em que os três pararam, fugindo de perigos desconhecidos e seguindo para a direção de onde viera o meu irmão.

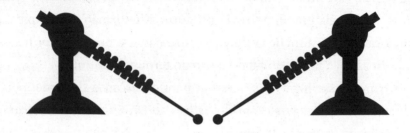

A CRIANÇA TROVÃO

Se os marcianos tivessem focado apenas na destruição, na segunda-feira mesmo teriam aniquilado toda a população de Londres enquanto se dispersavam lentamente pelos condados vizinhos. Não era apenas na estrada que cruza Barnet, mas, também, na que passa por Edgware e Waltham Abbey, nas estradas do leste para Southend e Shoeburyness e ao sul do Tâmisa para Deal e Broadstairs – por todos esses lugares era o mesmo tumulto frenético. Naquela manhã de junho, se alguém tivesse subido de balão no céu azul e sobrevoado Londres e todas as rodovias ao norte e ao leste, passando pelo emaranhado de ruas, teria visto um pontilhado preto que era uma corrente de fugitivos, cada ponto uma agonia humana de terror e cansaço físico. No capítulo anterior descrevi longamente o que ocorreu com o meu irmão pela estrada em Chipping Barnet para que meus leitores possam compreender o que significava aquele enxame de pontos pretos para quem nele esteve envolvido. Nunca antes na história do mundo uma massa de seres humanos daquele tamanho se moveu e sofreu junta. As hordas lendárias de godos e hunos, os maiores exércitos que a Ásia já viu, não seriam mais que uma gota naquela correnteza. E não

A GUERRA DOS MUNDOS

era uma marcha organizada, era uma debandada, uma debandada gigante e terrível, sem ordem ou objetivo, seis milhões de pessoas desarmadas e desabastecidas que seguiam em frente. Era o início da derrota da civilização, do massacre da humanidade.

O balonista teria visto abaixo uma rede de ruas longas e amplas, casas, igrejas, praças, fontes e jardins já abandonados – era como um grande mapa – e, ao sul, tudo BORRADO. Sobre Ealing, Richmond, Wimbledon, seria como se uma caneta monstruosa tivesse espalhado tinta no mapa. Em ritmo constante e ininterrupto, cada mancha preta aumentava e se espalhava abrindo ramificações aqui e acolá, ora acumulando-se em uma elevação, ora derramando-se com rapidez de um cume para um vale recém-descoberto, exatamente como uma gota de tinta se espalharia num mata-borrão.

E mais além, sobre as colinas azuis que despontam ao sul do rio, os marcianos reluzentes iam de um lado a outro, de modo calmo e metódico, espalhando sua nuvem de veneno nesse e naquele pedaço de terra e depois voltando com seus jatos de vapor quando o veneno tinha cumprido seu propósito, tomando, assim, posse do terreno conquistado. Não parecia que o objetivo deles era o extermínio, e sim a desmoralização completa e a destruição de qualquer força de defesa. Explodiram todos os estoques de pólvora que encontraram, cortaram cada linha de telégrafo e destruíram as ferrovias em vários pontos. Estavam amarrando a humanidade. Aparentemente não tinham pressa de ampliar seu terreno de operações e não avançaram além da parte central de Londres naquele dia todo. É possível que na manhã de segunda-feira um número considerável de pessoas em Londres tenha ficado em casa. O certo é que muitos morreram em seu lar sufocados pela fumaça preta.

Até o meio do dia, o trecho do Tâmisa no centro de Londres era uma cena impressionante. Lá estavam barcos a vapor e navios de todos os tipos, tentados por enormes somas oferecidas por fugitivos – dizem que muitos que tentaram nadar até essas embarcações foram atingidos por arpões e se afogaram. Por volta de uma da tarde o resíduo cada vez menor de uma nuvem preta de vapor apareceu entre os arcos da ponte Blackfriars. Com isso, o rio se tornou cenário de uma confusão ensandecida, brigas, colisões, e, por algum tempo, uma multidão de barcos e balsas ficou entalada no arco norte da Ponte Tower; os marinheiros e faroleiros tiveram de lutar selvagemente contra as pessoas que se amontoaram no porto. As pessoas chegaram até a descer pelos pilares das pontes.

Quando, uma hora depois, um marciano foi visto além da torre do relógio e seguiu pelo rio, só havia destroços boiando no distrito de Limehouse.

Sobre o quinto cilindro, tratarei em breve. A sexta estrela caiu em Wimbledon. Meu irmão, que na carruagem vigiava o lado das mulheres numa planície, viu o clarão verde em uma colina bem distante. Na terça-feira o trio, ainda tentando cruzar o mar, abriu caminho pelas aglomerações em direção a Colchester. A notícia de que os marcianos tinham total controle da cidade de Londres foi confirmada. Foram vistos em Highgate e até, disse alguém, em Neasden. Mas não foram avistados pelo meu irmão até o dia seguinte.

Naquele dia as multidões espalhadas por todo lado começaram a perceber a necessidade urgente de provisões. Conforme ficavam com mais fome os direitos de propriedade deixavam de ser respeitados. Fazendeiros com armas em punho foram defender seus rebanhos, celeiros e plantações de raízes prontas para a colheita. Agora uma quantidade grande de pessoas, como meu irmão, tinha o rosto voltado para o leste, e havia algumas almas desesperadas tentando até retornar a Londres para pegar comida. Eram, na maioria, pessoas dos subúrbios do norte que ouviram só boatos sobre a fumaça negra. Ele ouviu dizer que metade do contingente de funcionários do governo se reuniu em Birmingham e que uma quantidade enorme de explosivos de alta potência fora preparada para ser usada em minas automáticas nos condados de Midland.

Disseram-lhe também que a Companhia Ferroviária de Midland tinha substituído os desertores do primeiro dia de pânico, voltara a trafegar e

A GUERRA DOS MUNDOS

operava os trens sentido norte saindo de St. Albans para aliviar o congestionamento dos condados vizinhos. Havia uma placa em Chipping Ongar anunciando que quantidades grandes de farinha estavam disponíveis nas cidades do norte e que em menos de vinte e quatro horas pães seriam distribuídos para os famintos da região. Mas essas informações não o demoveram do plano de fuga que ele tinha elaborado, e os três seguiram para o leste o dia todo, e mais nada ficaram sabendo da distribuição de pães além daquela promessa. Na verdade, ninguém mais ouviu falar do assunto. Naquela noite caiu a sétima estrela, descendo em Primrose Hill. Caiu enquanto a senhorita Elphinstone estava de vigia, pois ela revezou essa tarefa com meu irmão. Ela viu.

Na quarta-feira os três fugitivos, que tinham passado a noite em uma plantação de trigo, chegaram a Chelmsford, onde um grupo de moradores autodenominado Comitê de Suprimentos Públicos apreendeu o cavalo como provisão, e não daria nada em troca além da promessa de compartilhar uma parte dele no dia seguinte. Aqui e ali havia rumores de marcianos em Epping e notícias sobre a destruição das fábricas de pólvora de Waltham Abbey na vã tentativa de explodir um dos invasores.

As pessoas estavam de guarda nas torres das igrejas atentas para uma possível chegada dos marcianos. Meu irmão, sortudo e favorecido pelo acaso, preferiu prosseguir de imediato para a costa em vez de esperar por comida, ainda que os três estivessem famintos. Por volta do meio-dia passaram por Tillingham, que, para a estranheza de todos, parecia silenciosa e deserta, exceto por alguns saqueadores furtivos em busca de comida. De repente, perto de Tillingham, avistaram o mar e o mais impressionante aglomerado de navios de todos os tipos possível de imaginar.

Como os marinheiros já não podiam subir pelo Tâmisa, vieram pela costa de Essex, rumo a Harwich, Walton e Clacton, e, depois, rumo a Foulness e Shoebury, para trazer as pessoas. Estavam parados em uma curva no formato de foice enorme que desaparecia, por fim, na neblina na direção de Naze. Perto da costa, havia uma infinidade de barcos de

125

pesca (ingleses, escoceses, franceses, holandeses e suecos), barcos a vapor do Tâmisa, iates, barcos elétricos e, mais à frente, embarcações maiores, diversos navios cargueiros sujos, navios mercantes, transportes de animais, barcos de passageiros, petroleiros, transatlânticos, uma embarcação velha branca e até belos transatlânticos brancos e cinza de transporte de contêineres de Southampton e Hamburg; e, pela costa azul em volta de Blackwater, meu irmão podia distinguir com dificuldade uma aglomeração de botes seguindo com as pessoas da praia, um conjunto que se estendia por toda Blackwater e ia quase até Maldon.

A uns três quilômetros se estendia um couraçado fundo na água. Do ponto de vista do meu irmão, parecia um navio inundado. Esse era o navio de guerra *Criança Trovão*. Era o único navio de guerra à vista, mas, bem longe à direita, sobre a superfície tranquila do mar, porque naquele dia a calmaria era mortal, e uma serpente de fumaça negra indicava os próximos couraçados vindos do canal de Fleet, que flutuavam em uma linha longa, soltando fumaça e prontos para ação no estuário do Tâmisa no caminho da conquista dos marcianos – estavam de prontidão, porém, ainda assim, sem chance de impedi-los.

Ao ver o mar, a senhora Elphinstone, apesar das palavras reconfortantes da cunhada, cedeu ao pânico. Nunca saíra da Inglaterra, dizia que preferia morrer a se lançar sem amigos num país longínquo, e assim por diante. Ao que tudo indicava, a pobre mulher parecia imaginar que os franceses e os marcianos se mostrariam bem parecidos. Foi ficando cada vez mais histérica, medrosa e deprimida nos dois dias da jornada. Sua maior vontade era voltar para Stanmore. As coisas sempre seguiram bem e em segurança em Stanmore. Eles encontrariam George em Stanmore.

Com muita dificuldade conseguiram levá-la até a praia, onde em pouco tempo meu irmão conseguiu atrair a atenção de alguns homens em um barco a vapor vindo do Tâmisa. Eles mandaram um bote e barganharam o preço da viagem em trinta e seis libras para os três. O barco ia, esses homens disseram, para Ostende, na Bélgica.

A GUERRA DOS MUNDOS

Era por volta das duas horas quando meu irmão, tendo pago a passagem deles, se viu em segurança a bordo de um barco a vapor com suas companheiras. Havia comida a bordo, mas a preços exorbitantes, e os três se limitaram a comer uma refeição nos assentos da proa.

Já havia uns dois grupos de passageiros a bordo, dos quais alguns gastaram seus últimos recursos para garantir a passagem, mas o capitão não saiu de Blackwater até as cinco horas, aceitando passageiros a ponto de os assentos do deque atingirem lotação perigosa. Ele provavelmente teria ficado mais tempo se não fosse pelos sons das armas que começaram por volta daquela hora no sul. Como que atendendo a um chamado, o navio de guerra disparou uma arma pequena e hasteou uma corda com várias bandeiras. Um jato de fumaça saiu das chaminés.

Alguns passageiros eram da opinião de que os tiros vinham de Shoeburyness, até que notaram que o barulho ficava mais alto. Ao mesmo tempo, bem longe a sudeste, os mastros e deques de três navios de guerra surgiram um atrás do outro, sob as nuvens de fumaça negra. Mas a atenção do meu irmão rapidamente se voltou para os disparos distantes no sul. Ele imaginou ter visto uma coluna de fumaça subindo pela distante neblina cinza.

O pequeno barco a vapor já estava seguindo para o leste do grande crescente de navios, e a costa baixa de Essex estava cada vez mais azul e nublada quando um marciano apareceu, pequeno e quase disforme na remota distância, avançando pela costa lamacenta vindo da direção de Foulness. Diante disso o capitão na ponte de comando xingou com toda a potência de sua voz, com medo e com raiva de si próprio por ter demorado tanto, e as pás do motor pareceram contagiadas pelo seu pânico. Cada uma das almas a bordo ficou de pé na amurada ou nos assentos e olharam fixamente aquela forma distante e mais alta que as árvores ou torres de igreja que avançava como se parodiasse largas passadas humanas.

Foi o primeiro marciano que meu irmão viu, e ele ficou lá, de pé, mais impressionado que aterrorizado, assistindo ao avanço deliberado daquele titã em direção às embarcações, andando cada vez mais longe na água enquanto a costa sumia. Então, bem além da costa de Crouch, veio outro, andando sobre algumas árvores derrubadas, e outro, ainda bem longe, andando com as pernas afundadas no terreno pantanoso brilhante que parecia ficar no meio do caminho, entre o oceano e o céu. Estavam todos seguindo rumo ao oceano, como se fossem interceptar a fuga da multidão de embarcações que se acumulavam entre Foulness e Naze. Apesar do esforço latejante dos motores do pequeno barco a vapor e da espuma que a roda de pás formava atrás dela, ela se afastava daquele ataque sinistro com velocidade apavorante.

Olhando para o norte, meu irmão viu a crescente enorme de navios já se estremecendo com a aproximação do terror; um navio passando atrás do outro, outro fazendo a volta da costa, navios a vapor assobiando e liberando grandes volumes de fumaça, velas ao vento, lanchas correndo aqui e acolá. Ele estava tão fascinado com isso e com o perigo assustador ao longe à esquerda que não tinha olhos suficientes para tudo que acontecia no mar. De repente um movimento veloz do barco a vapor (que tinha virado de repente para evitar uma colisão) o lançou de cabeça do assento sobre o qual ele estava em pé. Houve gritaria em volta dele, pés saltando e uma comemoração que pareceu ser respondida por poucos. O barco a vapor acelerou e ele rolou sobre as próprias mãos.

Ele levantou e olhou a estibordo. A menos de noventa metros da popa, um barco oscilante, uma massa de ferro vasta como lâmina de enxada rasgando a água, lançando ondas enormes de espuma para todos os lados, avançou em direção ao barco a vapor, e a inclinação do gigante de ferro era tamanha que suas pás giravam inutilmente no ar e o deque afundava quase abaixo da linha da água.

Um jato de água cegou o meu irmão por um momento. Quando os olhos dele voltaram a enxergar, viu que o monstro tinha passado e estava correndo para alcançar terra firme. Um deque grande de ferro surgiu por trás da ponta daquela estrutura, de onde duas chaminés se projetaram, e viu-se a explosão fumacenta de um disparo. Era o torpedo do navio de guerra *Criança Trovão* que, com fumaça à sua frente, vinha para resgatar o navio ameaçado. Mantendo-se em pé no deque oscilante e agarrando-se na amurada, meu irmão olhou além desse leviatã em disparada atrás dos marcianos e viu três deles agora mais juntos em um ponto tão fundo do oceano que seus tripés estavam quase inteiramente submersos. Vistos mergulhados dessa forma e remotamente, pareciam menos formidáveis do que a grande massa de ferro em cujo rastro de vapor se lançavam sem esperanças. Parecia que estavam lidando com esse novo antagonista com espanto. Para a inteligência deles pode ser que o gigante fosse como um deles. O *Criança Trovão* não disparou nenhuma vez, simplesmente avançou com toda a velocidade contra eles. Provavelmente foi o fato de não atirar que permitiu que chegasse tão perto do inimigo quanto chegou. Não sabiam o que fazer com a embarcação. Se uma bomba fosse disparada, teriam enviado o navio para o fundo do oceano com o raio de calor.

Avançava em tal ritmo que em um minuto chegou ao meio do caminho entre o barco a vapor, e os marcianos, para quem os via, eram uma massa preta que encolhia contra a extensão horizontal da costa de Essex que se afastava.

De repente, o marciano mais à frente abaixou seu tubo e disparou um tambor de gás no couraçado. Caiu a bombordo da embarcação e se cobriu com um jato preto que se espalhou pelo mar, expandindo em uma torrente de fumaça negra da qual o navio passou ileso. Para os observadores no barco a vapor, cujo ponto de vista era mais baixo e cujos olhos eram atingidos pelo sol, pareceu que o navio já estava entre os marcianos.

Viram as figuras de capacete separar-se e sair da água conforme se retiravam para a costa, e uma delas levantou o gerador tal qual uma câmara que produz raio de calor. Ela o segurou apontando-a obliquamente para baixo, e uma nuvem de vapor subiu da água conforme foi tocada. Deve ter passado pelo ferro da lateral do navio como uma barra de metal branca de tão quente que atravessasse papel.

Um brilho de chamas subiu no meio do vapor, e o marciano cambaleou. Em um instante ele foi derrubado, e um volume grande de água e vapor foi lançado no ar. As armas do *Criança Trovão* soaram pela fumaça disparando uma atrás da outra; um dos tiros jogou água bem perto do barco a vapor, que foi ricocheteado em direção aos outros navios em fuga para o norte e esmagou um veleiro como a uma caixa de fósforos.

Mas ninguém deu muita atenção a isso. Diante da visão da queda do marciano, o capitão na ponte de comando gritou algo sem sentido, e toda a tripulação do barco a vapor gritou junto. E gritou de novo. Pois, surgindo além do tumulto branco, veio algo longo e preto, com chamas que lhe saíam da parte central e labaredas esguichadas de suas chaminés e de sua ventilação.

Esse algo ainda estava vivo; o timão, aparentemente intacto, e os motores funcionavam. Seguiu direto para o segundo marciano e estava a menos de cem metros quando o raio de calor surgiu. Com um barulho violento, veio uma luz ofuscante e os deques e chaminés voaram. O marciano cambaleou diante da violência da explosão, e os destroços em chamas, em ritmo impetuoso, o atingiram e o amassaram como se fosse feito de papelão. Meu irmão deu um grito involuntário. Uma confusão fervente de vapor escondeu tudo de novo.

– Dois! – gritou o capitão.

Todo mundo gritava. O barco a vapor inteiro, da proa à popa, sentiu uma animação frenética que foi tomando um a um até se espalhar por toda a multidão de embarcações que seguiam pelo mar.

O vapor pairou sobre a água por vários minutos ocultando o terceiro marciano e a costa. Durante todo esse tempo o barco seguiu em ritmo constante para o mar e para longe da batalha. Por fim, a confusão dispersou, a massa flutuante de vapor negro cruzou o caminho, e não era possível ver nem um pedaço do *Criança Trovão*, nem do terceiro marciano. Mas os navios de guerra no mar estavam bem perto e virados para a costa atrás do barco a vapor.

A GUERRA DOS MUNDOS

A pequena embarcação continuou seu trajeto, e os navios de guerra retornaram lentamente à costa, que ainda oculta por uma massa branca de vapor tão opaca quanto uma pérola, parte vapor, parte gás negro, rodopiando e se combinando da mais estranha das formas. A frota de refugiados se espalhou pelo Nordeste; vários veleiros navegavam entre os couraçados e o barco a vapor. Algum tempo depois e antes de chegarem até a nuvem descendente, os navios de guerra viraram para o norte e, de forma abrupta, avançaram e passaram pela espessa neblina vespertina ao sul. A costa ficou mais indefinida e, por fim, indistinguível entre as nuvens baixas que se juntavam perto do sol poente.

Então, saindo repentinamente do brilho dourado do pôr do sol, vieram a vibração das armas e o movimento de sombras negras. Todos se amontoaram na amurada do barco a vapor e olharam para a fornalha ofuscante a oeste, mas nada podia ser distinguido com clareza. Uma massa de fumaça subiu inclinada e bloqueou o sol. O barco a vapor seguiu seu caminho em meio a um suspense interminável.

O sol se afundou nas nuvens cinza, o céu se apagou e escureceu, e a estrela da tarde brilhou no firmamento. Já era uma hora avançada do crepúsculo quando o capitão gritou e apontou. Meu irmão apertou os olhos. Algo se acelerava pelo céu, saído da escuridão, subindo vertiginosamente na claridade luminosa acima das nuvens a oeste; algo plano, amplo e muito largo que seguia por uma curvatura vasta, ficando cada vez menor, afundando lentamente e sumindo de novo no cinza misterioso da noite. E, conforme voava, fazia chover escuridão sobre a terra.

LIVRO 2

A TERRA SOB O DOMÍNIO DOS MARCIANOS

VENCIDOS

No primeiro livro me distanciei tanto das minhas próprias aventuras para contar as experiências do meu irmão porque, nos dois últimos capítulos, eu e o cura ficamos entocados em uma casa vazia em Halliford, para onde fugimos na intenção de escapar da fumaça preta. Vou retomar desse ponto. Ficamos lá da noite inteira de domingo e no dia seguinte – o dia do pânico –, em uma pequena ilha de luz natural, impedidos pela fumaça negra do contato com o resto do mundo. Nada podíamos fazer além de esperar com dolorosa inatividade durante esses dois dias penosos.

Minha mente foi tomada de ansiedade pela minha esposa. Imaginei-a em Leatherhead, apavorada, em perigo, enlutada por achar que eu já tinha morrido. Andei pelos cômodos e gritei quando pensei no modo como fui separado dela, em tudo que podia ter acontecido na minha ausência. Sabia que meu primo era corajoso o suficiente para qualquer emergência, mas não era o tipo de homem que percebia o perigo com a rapidez necessária para agir prontamente. O que era necessário naquele momento não era bravura, mas circunspecção. Meu único consolo era acreditar que os marcianos estavam seguindo para Londres e longe dela. Tais preocupações vagas deixaram minha mente sensível e dolorida. Fiquei fatigado e irritado com os impulsos constantes do cura; cansei de ver seu desespero egoísta. Depois de algumas queixas ineficazes, mantive-me distante dele, permaneci num quarto (evidentemente de uma criança em idade escolar) que continha globos, formulários e livros de estudo. Quando ele me seguia até lá, eu ia para um quarto repleto de caixas no alto da casa e, para ficar sozinho com a minha dor e a minha tristeza, eu me trancava.

Ficamos totalmente cercados pela fumaça preta durante todo aquele dia e na manhã seguinte. No domingo à tarde houve sinais de pessoas na casa ao lado, um rosto na janela, luzes que se moviam e batida de porta mais tarde. Não sei quem eram essas pessoas, nem o que foi feito delas. A fumaça flutuou vagarosamente em direção ao rio durante toda a manhã da segunda-feira, rastejando cada vez mais para perto de nós, movendo-se, por fim, para a rodovia perto da casa que nos escondia.

Um marciano veio pelos campos por volta do meio-dia, assentando a coisa com um jato de vapor superaquecido que sibilou contra as paredes, estilhaçou as janelas e escaldou as mãos do cura quando ele fugiu do quarto da frente. Quando finalmente rastejamos pelos quartos ensopados e olhamos de novo para fora, a terra ao norte estava como se uma camada grossa de neve preta tivesse caído sobre ela. Olhando além do rio, ficamos assombrados ao ver uma vermelhidão imensa misturar-se com o preto dos prados chamuscados.

Por algum tempo não percebemos como essa mudança afetou nossa situação, além do alívio que sentimos com o fim do medo da fumaça preta. Mas depois notei que já não estávamos cercados, que poderíamos sair dali. Em pouco tempo, assim que compreendi que a rota de fuga estava aberta, meu sonhos de entrar em ação retornaram. Mas o cura estava letárgico, irracional.

– Estamos seguros aqui – ele repetia –, seguros aqui.

Decidi deixá-lo, gostaria de ter feito isso! Como estava mais esperto, graças aos ensinamentos do soldado da artilharia, procurei comida e

A GUERRA DOS MUNDOS

bebida. Achei óleo e trapos para minhas queimaduras, peguei também um chapéu e uma camisa de flanela que encontrei em um dos quartos. Quando ficou claro para ele que eu pretendia ir sozinho, que me decidira a ir sozinho, ele se animou repentinamente. Como tudo ficou em silêncio durante a tarde toda, partimos, suponho, por volta das cinco pela estrada em direção a Sunbury coberta de poeira preta.

Em Sunbury, e em trechos da estrada, vimos corpos mortos em posições retorcidas, tanto de cavalos quanto de homens, carroças e bagagens reviradas, tudo coberto de espessa camada de poeira preta. Essa mortalha de pó cinza me fez pensar no que li sobre a destruição de Pompeia. Chegamos a Hampton Court sem problemas, mas com a mente repleta de visões estranhas e desconhecidas. Em Hampton Court, nossos olhos ficaram aliviados ao encontrar um trecho verde que escapara da névoa sufocante. Passamos por Bushey Park, com seus cervos indo e voltando sob as castanheiras, observamos alguns homens e mulheres correr ao longe em direção a Hampton, até que, por fim, chegamos a Twickenham. Aquelas foram as primeiras pessoas que vimos.

Do outro lado da estrada, os bosques além de Ham e Petersham ainda estavam em chamas. Twickenham não foi atacada pelo raio de calor ou pela fumaça preta. Havia mais pessoas por lá, mas nenhuma que pudesse nos dar alguma notícia. A maioria fazia o mesmo que nós, aproveitando a calmaria para trocar de esconderijo. Tive a impressão de que muitas das casas ali ainda estavam ocupadas por moradores assustados, com medo demais até para fugir. Também ali, as evidências de uma derrota rápida eram abundantes pela estrada. Lembro-me nitidamente de três bicicletas esmagadas em uma colina, prensadas na estrada pelas rodas de uma série de charretes. Atravessamos a Ponte Richmond por volta das oito e meia. Passamos correndo pela parte aberta da ponte, é claro, mas notei várias massas vermelhas flutuar na correnteza, algumas a vários metros de distância. Não sabia o que era aquilo (não houve tempo para muita análise) e interpretei a cena de forma mais horrível que deveria. Ali, no lado de

H. G. Wells

Surrey, havia mais uma vez a poeira preta onde antes existia fumaça, e corpos mortos, uma montanha perto da estação; mas não vimos nem sinal dos marcianos até termos andado bastante em direção a Barnes.

Bem ao longe no cenário enegrecido vimos três pessoas correr por uma rua lateral em direção ao rio, mas, fora isso, o local parecia deserto. Acima da colina, Richmond queimava rapidamente, mas no entorno da cidade não havia nem sinal da fumaça preta.

Então, de repente, quando nos aproximávamos de Kew, surgiram muitas pessoas correndo, e a parte superior de uma máquina de guerra marciana entrou no nosso campo de visão sobre os telhados a menos de cem metros à nossa frente. Ficamos horrorizados diante do perigo, e se o marciano tivesse olhado para baixo teríamos morrido de imediato. Estávamos tão assustados que não ousamos avançar, e viramos para o lado para nos esconder no galpão de um jardim. Lá o cura se ajoelhou e, chorando em silêncio, novamente se recusou a mover-se.

Mas minha ideia fixa de chegar a Leatherhead não me deixava em paz e, no crepúsculo, aventurei-me mais uma vez. Fui pelos arbustos acompanhando a passagem lateral de uma casa grande e me mantive nessa propriedade até chegar à estrada que levava a Kew. Deixei o cura no galpão, mas ele veio correndo atrás de mim.

Esse segundo avanço foi a coisa mais tola que já fiz, pois era evidente que os marcianos estavam ao redor. Tão logo o cura me alcançou, vimos ou a máquina de guerra marciana que já tínhamos visto ou outra, que estava bem mais longe nas planícies em direção a Kew Lodge. Quatro ou cinco figurinhas pretas corriam na frente dela por um campo verde acinzentado, e logo ficou evidente que um marciano os perseguia. Ele estava a três passos de distância, e desde os pés da criatura elas correram em várias direções. Ele não usou o raio de calor para destruí-las; em vez disso pegou-as uma por uma. Ao que tudo indicava, jogou-as no compartimento metálico que se projetava atrás dele, como se fosse o cesto pendurado nas costas de um trabalhador.

Foi a primeira vez que percebi que os marcianos poderiam ter algum outro propósito além de destruir a humanidade. Ficamos petrificados por um momento e, então, viramo-nos e fugimos pelo portão atrás de nós até um jardim murado. Lá encontramos uma vala providencial – na verdade caímos nela –, onde permanecemos deitados, sem ousar nem sussurrar um para outro, até surgirem as estrelas.

Acho que eram quase onze horas quando ganhamos coragem para começar de novo, desta vez sem nos aventurar pela estrada, mas seguindo sorrateiramente por entre cercas e plantações, atentos na escuridão, ele à direita, eu à esquerda, em busca dos marcianos que pareciam estar bem perto. Em algum lugar deparamos com uma área queimada que, naquele momento, se resfriava, coberta de cinzas e cadáveres espalhados, queimados horrivelmente na altura da cabeça e do tronco, mas com as pernas e botas quase intactas, além de cavalos mortos a quinze metros, talvez, atrás de uma fileira de quatro armas quebradas e carretas de canhão esmagadas.

Sheen, ao que pareceu, escapou da destruição, mas o lugar estava silencioso e deserto. Ali não deparamos com nenhum morto, apesar de a noite estar escura demais para enxergarmos nas estradas laterais. Em Sheen, meu companheiro de repente reclamou de sede e cansaço, e decidimos tentar entrar em uma das casas.

A primeira casa em que entramos, depois de uma pequena dificuldade com a janela, era um chalé pequeno, e não encontramos nada comestível além de um pouco de queijo embolorado. Havia, contudo, água para beber, e eu peguei um machado que poderia ser útil para invadir a próxima casa.

Então cruzamos rumo a um lugar onde a estrada virava em direção a Mortlake. Ali havia uma casa branca dentro de um jardim murado; na despensa desse domicílio encontramos um estoque de comida, dois pães em uma panela, um bife cru e meio presunto. Descrevo esse inventário com precisão porque, tendo em vista o que aconteceu depois, estávamos destinados a viver desses suprimentos pela próxima quinzena. Havia garrafas de cerveja embaixo de uma prateleira, dois sacos de feijão e algumas alfaces murchas. Era uma copa que dava para uma espécie de área de lavanderia anexa à cozinha, e nela estava a lenha; havia também um armário, no qual encontramos quase uma dúzia de vinhos tintos, além de sopas e salmões enlatados e duas latas de biscoitos.

Sentamos na cozinha e ficamos no escuro, pois não ousamos acender a luz, e comemos pão e presunto e bebemos cerveja da mesma garrafa. O cura, que ainda estava tímido e inquieto, começou naquele momento, de forma muito estranha, a insistir em prosseguir viagem. Eu comecei a pedir a ele que comesse para recuperar as forças quando aconteceu a coisa que nos aprisionou.

– Não pode ser meia-noite ainda – eu disse –, e veio um clarão ofuscante de uma luz verde vívida. Tudo na cozinha ficou bem delineado, bem visível em verde e preto, e sumiu. Na sequência, uma pancada diferente de tudo que eu já ouvira e viria a ouvir. Logo em seguida, quase instantaneamente, uma batida seca atrás de mim, um vidro estilhaçando, quebradeira e barulho de desmoronamento da alvenaria; o gesso do teto caiu sobre nós, espatifando-se em uma infinidade de fragmentos sobre a cabeça de ambos. Fui derrubado de cabeça no chão, bati na alça do fogão e desmaiei. Fiquei assim por bastante tempo segundo me disse o cura. Quando despertei, estávamos de novo na escuridão, e ele, com o rosto ensopado como descobri depois, com sangue escorrendo pela testa em decorrência de um corte, passava água em mim.

Por algum tempo não consegui lembrar o que tinha acontecido. Aos poucos as coisas começaram a voltar. Um machucado nas minhas têmporas explicava tudo.

– Está melhor? – perguntou o cura sussurrando.

Por fim lhe respondi. Sentei.

– Não se mexa – disse ele. – O chão está coberto de cacos de louça. É impossível você se mexer sem fazer barulho, e acho que ELES estão lá fora.

Ficamos sentados em silêncio tão profundo que mal podíamos ouvir a respiração um do outro. Tudo parecia mortalmente parado, mas em dado momento algo perto de nós, um pedaço de gesso ou um tijolo quebrado,

A GUERRA DOS MUNDOS

deslizou com um estrondo. Do lado de fora, bem perto, veio um farfalhar metálico intermitente.

– Isso! – disse o cura, logo que ouvimos de novo o mesmo som.

– Sim – eu disse. – Mas que é isso?

– Um marciano! – respondeu o cura.

Ouvi de novo.

– Não soa como o raio de calor – eu disse, e por algum tempo estive inclinado a pensar que uma das máquinas de guerra enormes tinha despencado sobre a casa, da mesma forma que eu vi uma cair sobre a torre da igreja de Shepperton.

Nossa situação era tão estranha e incompreensível que por três ou quatro horas, até o alvorecer, mal nos mexemos. Então uma luz se infiltrou, não pela janela que permaneceu escura, mas pela fresta triangular entre uma viga e um monte de tijolos quebrados na parede atrás de nós. Vimos pela primeira vez que o interior da cozinha tinha tom acinzentado.

A janela tinha sido quebrada por uma cornija do jardim a qual se espalhou perto dos nossos pés sobre a mesa em que estivemos sentados. Do lado de fora, a terra se amontoou sobre a casa. Acima da janela era possível ver uma calha arrancada, o chão recoberto de material de construção esmagado, o fundo da cozinha quebrado e, como a luz do dia brilhava na área, era evidente que uma parte grande da casa tinha desmoronado. Em vívido contraste com essas ruínas estava uma cômoda elegante, pintada em verde-claro com estilo, com vários recipientes de cobre e ferro sobre ela; o papel de parede imitava tijolos brancos sobre fundo azul; e duas prateleiras coloridas permaneciam no alto das paredes da cozinha.

Conforme clareou o dia, vimos pelo buraco na parede o corpo de um marciano, parado de guarda, suponho, sobre um cilindro ainda brilhante. Diante dessa visão, rastejamos com o máximo de silêncio possível saindo da claridade da cozinha para a escuridão da copa.

De repente a interpretação correta surgiu na minha cabeça.

141

– O quinto cilindro – sussurrei –, o quinto disparo de Marte atingiu esta casa e nos enterrou sob as ruínas!

Por algum tempo o cura ficou em silêncio e depois sussurrou:

– Que Deus tenha piedade de nós! – ouvi-o lamentar-se para si mesmo.

Exceto por esse som, ficamos parados na copa; eu mesmo mal tinha coragem de respirar e sentei com os olhos fixos na luz tênue da porta da cozinha. Só podia ver o rosto do cura, uma forma escura oval, e o colarinho e punhos de sua camisa. Do lado de fora, um som metálico de marteladas e um chiado violento repetiam-se sem parar. Depois de um intervalo de silêncio veio um assobio, como assobio de motor. Esses barulhos problemáticos na maior parte continuaram de forma intermitente e pareciam aumentar em quantidade conforme o tempo passava. Depois uma batida ritmada e uma vibração, o que fez tudo à nossa volta tremer e os recipientes na despensa chacoalhar, começaram e prosseguiram. Em dado momento a luz da cozinha foi encoberta e a passagem sombria para a cozinha ficou totalmente escura. Devemos ter ficado lá agachados por muitas horas, em silêncio, tremendo até nossa atenção ser tomada pelo cansaço...

Por fim me vi acordado e com muita fome. Estava inclinado a acreditar que boa parte do dia já tinha passado antes de eu acordar. Minha fome era tão insistente que entrei em ação. Disse ao cura que ia procurar comida e tateei meu caminho até a despensa. Ele não me respondeu, mas, assim que comecei a comer, o ruído o despertou e o fez rastejar até onde eu estava.

O QUE VIMOS DA CASA ARRUINADA

Depois de comermos, nos rastejamos de volta para a copa, e devo ter cochilado de novo, porque quando olhei em volta eu estava sozinho. A vibração das batidas continuava com persistência incansável. Sussurrei chamando o cura várias vezes, até que fui tateando até a porta da cozinha. Ainda era de dia e o vi do outro lado do cômodo, encostado no buraco triangular que permitia ver os marcianos. Ele estava em posição encurvada, de forma que os ombros lhe ocultavam a cabeça.

Eu ouvia vários barulhos, semelhantes aos de uma oficina, e o lugar chacoalhava com as batidas. Pela abertura na parede vi o topo de uma árvore tocado pelo dourado e pelo azul quente do céu tranquilo de fim de tarde. Por uns dois minutos fiquei olhando para o padre e, então, avancei, agachando e andando com extremo cuidado entre os cacos que cobriam o chão.

Toquei a perna dele, e e ele saltou com tanta violência que um pedaço de gesso deslizou do lado de fora fazendo um barulho muito alto ao cair. Agarrei o braço dele, pois temi que fosse gritar, e por um bom tempo ficamos agachados e imóveis. Virei-me para ver quanto a nossa agitação repercutia. O pedaço de gesso abriu uma rachadura vertical nos destroços. Subindo com cuidado em uma viga vi pela fresta o lugar que deveria ser uma rodovia suburbana silenciosa. Vasta, na verdade, foi a mudança que contemplamos.

O quinto cilindro deve ter caído bem no meio da primeira casa que visitamos. O prédio desaparecera, esmagado por completo, pulverizado e dispersado pelo impacto. O cilindro estava bem abaixo das fundações originais, afundado em um buraco bem mais largo que o poço que vi em Woking. A terra em volta esguichou sob o tremendo impacto – "esguichou" é a única palavra possível –, e acumulou-se em pilhas que ocultavam as casas adjacentes. Era como se uma massa de lama tivesse levado uma martelada violenta. Nossa casa envergou-se para trás; a parte da frente, até mesmo o térreo, foi destruída por completo; por sorte a cozinha e a copa escaparam e foram enterradas sob sujeira e ruínas, cercadas por toneladas de terra por todos os lados, exceto na direção do cilindro. Nesse aspecto, estávamos bem na beirada do enorme poço circular que os marcianos fizeram. Os sons de batidas intensas vinham nitidamente por trás de nós, e de tempos em tempos um vapor verde brilhante subia como um véu pelo buraco por onde observávamos.

O cilindro já estava aberto no centro no poço e, em sua borda mais distante, entre arbustos esmagados e cobertos de cascalho, uma das máquinas de guerra imensas, abandonada por seus ocupantes, se elevava rígida contra o céu da noite. A princípio eu mal notei o poço e o cilindro; mesmo assim, convém descrevê-los primeiro, por causa do mecanismo extraordinário reluzente que eu vi ocupar-se com a escavação e por causa das criaturas estranhas que rastejavam devagar e com muita dificuldade pela elevação queimada em volta do poço.

O mecanismo, com certeza, foi o que de imediato prendeu a minha atenção. Era um daqueles equipamentos complexos que depois foram batizados de máquinas de manipulação, e os estudos sobre elas deram enorme impulso à engenharia terrestre. Minha primeira impressão do

A GUERRA DOS MUNDOS

equipamento era que parecia uma aranha mecânica com cinco pernas ágeis e articuladas, um número extraordinário de barras e alavancas articuláveis e tentáculos extensíveis com garras em volta do corpo. Os braços, na maioria, estavam retraídos, mas com três tentáculos longos, pescavam uma série de bastões, placas e barras que revestiam e aparentemente fortaleciam as paredes do cilindro. Esses objetos, conforme eram extraídos, eram levantados e depositados na superfície da terra atrás da máquina.

A movimentação dela era tão ágil, complexa e perfeita que de início não a vi como máquina, mesmo com seu brilho metálico. As máquinas de guerra eram coordenadas e animadas em ritmo extraordinário, mas nada se comparava com aquilo. Pessoas que nunca viram tais estruturas e têm apenas tentativas infrutíferas dos artistas ou, como eu, descrições imperfeitas de testemunhas oculares para se basear dificilmente compreenderão quanto aquelas máquinas pareciam vivas.

Lembro-me em especial de uma ilustração de um dos primeiros panfletos a oferecer um relato completo sobre a guerra. O artista, com certeza, tinha feito um esboço apressado de uma das máquinas de guerra, e seu conhecimento acabava ali. Ele as representou como rígidos tripés inclinados sem flexibilidade nem sutileza, e a composição como um todo dava a impressão enganosa de monotonia. Eram tão parecidas com os marcianos quanto bonecos de gesso são parecidos com humanos. A meu ver o panfleto se sairia bem melhor sem as ilustrações.

A princípio a máquina de manipulação não me deu a impressão de máquina, e sim de criatura semelhante a um caranguejo de carapaça metálica. O marciano no controle, cujos tentáculos delicados acionavam os movimentos, parecia ser apenas o equivalente a massa encefálica de caranguejo. Mas, então, observando esse controlador, percebi que seu revestimento se assemelhava ao couro marrom acinzentado e lustroso dos outros corpos que eu já vira e compreendi a verdadeira natureza daquele operário. Com essa percepção, meu interesse se voltou para essas criaturas, os marcianos de verdade. Deles eu já tivera uma impressão momentânea,

H. G. Wells

e minha náusea inicial já não obscurecia meu senso de observação. Além disso, eu estava preso e imóvel, sem pressa de agir.

Eram, pelo que pude ver naquele momento, as criaturas mais diferentes de qualquer coisa na Terra que alguém pudesse conceber. Eram enormes corpos redondos – ou melhor, cabeças – de pouco mais de um metro de diâmetro, e cada corpo tinha um rosto na frente. Esse rosto não possuía narinas; na verdade, os marcianos não pareciam ter olfato, mas tinham um par bem grande de olhos escuros e, logo abaixo, uma espécie de bico carnudo. Na parte de trás da cabeça ou corpo – eu mal sei falar disso – estava uma única superfície timpânica firme, que se sabe pela anatomia ser um ouvido, certamente inútil, contudo, no nosso ar denso. Agrupados em volta da boca havia dezesseis apêndices, quase como chicotes, organizados em dois grupos de oito. Esses grupos foram apropriadamente denominados MÃOS pelo notável doutor Howes, professor de anatomia. Desde a primeira vez que vi os marcianos, eles pareciam tentar se apoiar nessas mãos para se levantar, mas, é claro, dado o aumento do peso nas condições terrestres, isso era impossível. Há motivos para supor que em Marte eles poderiam usá-las dessa forma com muita facilidade.

A anatomia interna, devo registrar aqui, como a dissecação já demonstrou, era quase tão simples. A maior parte da estrutura era o cérebro, que enviava nervos enormes para os olhos, ouvido e tentáculos táteis. Atrás disso estavam os pulmões volumosos, nos quais a boca se abria, coração e seus vasos. O esforço pulmonar causado pela atmosfera mais densa e pela maior força gravitacional ficava bem evidente nos movimentos convulsivos do revestimento externo.

Esse foi o resumo dos órgãos dos marcianos. Por mais estranho que possa parecer a um ser humano, neles não existia o complexo aparato da digestão, o qual dá volume ao corpo. Eles não tinham intestinos. Não comiam, muito menos digeriam. Em vez disso, pegavam o sangue fresco de outras criaturas e o INJETAVAM nas próprias veias. Eu mesmo vi isso ser feito, como direi mais à frente. Por mais melindroso que eu pareça,

A GUERRA DOS MUNDOS

porém, não posso descrever algo a que mal consegui continuar assistindo. Basta dizer que o sangue extraído de um animal ainda vivo, na maioria dos casos humano, era inserido via pipeta direto no canal receptor...

O mero conceito disso é, sem dúvida, extremamente repulsivo para nós, mas, ao mesmo tempo, acho que devemos nos lembrar de quão repulsivos nossos hábitos carnívoros podem parecer a um coelho inteligente.

As vantagens fisiológicas da prática dessa injeção são inegáveis se pensarmos na quantidade enorme de tempo e energia que o ser humano desperdiça no ato de comer e no processo de digerir. Metade do nosso corpo é feita de glândulas, tubos e órgãos com a finalidade de transformar comida heterogênea em sangue. O processo digestivo e sua reação no sistema nervoso nos enfraquecem e nos perturbam mentalmente. Os homens são felizes ou tristes se o seu fígado é sadio ou adoecido, ou se suas glândulas gástricas são boas. Mas os marcianos suspenderam todas essas flutuações orgânicas de humor e emoção.

Sua preferência inegável por homens como fonte de alimentação é parcialmente explicada pela natureza das vítimas restantes que eles trouxeram como provisão quando partiram de Marte. Essas criaturas, a julgar pelos restos enrugados que chegaram até as mãos humanas, eram bípedes de esqueleto mole de sílica (quase como a sílica das esponjas) e musculatura frágil, com aproximadamente um metro e oitenta de altura, cabeça ereta e olhos grandes em órbitas rígidas. Parece que dois ou três desses foram trazidos em cada cilindro, e todos foram mortos antes de chegar à Terra. O que foi melhor para eles, pois a mera tentativa de ficar de pé em nosso planeta lhes teria quebrado todos os ossos do corpo.

E, já que estou empenhado nessa descrição, posso acrescentar aqui alguns detalhes adicionais que, apesar de não serem tão evidentes para nós na época, vão ajudar o leitor não familiarizado com eles a formar uma imagem mais clara dessas criaturas ofensivas.

Em três outros pontos sua fisiologia difere muito da nossa. Seu organismo não dorme, da mesma forma que o coração do homem não para.

Uma vez que não têm um mecanismo muscular extenso para recuperar, a exaustão periódica lhes é desconhecida. Eles têm pouca ou quase nenhuma sensação de fadiga, ao que parece. Na Terra, nunca poderiam mover-se sem esforço; mesmo assim, até o fim, mantiveram-se ativos. Em vinte e quatro horas trabalharam por vinte e quatro horas, tanto quanto, talvez, as formigas.

Em outro ponto, o maravilhoso mundo da sexualidade, descobriu-se que os marcianos eram assexuados completos e, portanto, não tinham as emoções tumultuadas advindas das diferenças entre os humanos. Um marciano jovem, isto é indiscutível, nasceu de fato na Terra durante a guerra e foi encontrado conectado com um dos pais, literalmente BROTANDO, como botões jovens de lírio ou como animais jovens em um pólipo de água doce.

Nos homens e nos animais terrestres desenvolvidos, tal método de procriação desapareceu; mas mesmo nesta Terra, com certeza foi um método primitivo. Entre os animais inferiores, até mesmo os primos de primeiro grau dos vertebrados, os tunicados, os dois processos ocorrem em paralelo, mas em geral o método sexuado sobrepujou seu competidor. Em Marte, contudo, parece ter sido o contrário.

É digno de nota que certo escritor especulativo de reputação quase científica, em texto escrito bem antes da invasão marciana, previu para o homem uma estrutura final bem parecida com as condições atuais dos marcianos. Sua profecia, lembro-me, surgiu em novembro ou dezembro de 1893, em um periódico extinto há muito tempo, o *Pall Mall Budget*, e me recordo de uma caricatura anterior aos marcianos publicada num tabloide chamado *Punch*. Ele dizia, em tom tolo e satírico, que o aperfeiçoamento dos equipamentos mecânicos superaria os membros; o aperfeiçoamento dos dispositivos químicos superaria a digestão; órgãos como cabelo, nariz, dentes e queixo já não seriam partes essenciais dos seres humanos; e que a tendência da seleção natural seria reduzi-los constantemente com o passar das gerações. Apenas o cérebro se manteria como necessidade cardinal. E, dentre as demais partes do corpo, a única com grande chance de sobreviver era a mão, "professora e agente do cérebro". O restante do corpo definharia, mas as mãos aumentariam de tamanho.

Há muitas verdades escritas em tom de ironia, e a figura dos marcianos representava com louvor a supressão do lado animalesco do organismo em favor da inteligência. Para mim era bem plausível que os marcianos pudessem ser descendentes de seres parecidos conosco cujo cérebro e cujas mãos tiveram desenvolvimento gradual (estas deram lugar finalmente a dois grupos de tentáculos delicados) a despeito do restante do corpo. Sem o corpo, o cérebro se tornaria certamente mera inteligência egoísta, sem nenhum substrato emocional dos seres humanos.

O último ponto relevante no qual o sistema dessas criaturas diferia do nosso poderia ser considerado particularmente trivial. Os microrganismos, que tantas dores e doenças causam na Terra, ou nunca apareceram em Marte ou a ciência sanitária dos marcianos os eliminaram eras atrás. Uma centena de doenças, todas as febres e contágios da vida humana, degenerações, cânceres, tumores e outras morbidades nunca entraram em seu esquema de vida. E em se tratando de diferenças entre a vida em Marte e a vida na Terra, posso citar aqui a curiosa hera vermelha.

Aparentemente o reino vegetal de Marte, em vez do verde predominante, tem intensa cor de sangue. De qualquer maneira, as sementes de todos os tipos que os marcianos (intencionalmente ou acidentalmente) trouxeram consigo geraram vegetação vermelha. Apenas a variação conhecida como hera vermelha, contudo, ganhou certo espaço na competição com as plantas terrestres. A trepadeira vermelha tinha crescimento bem transitório, e poucas pessoas a viram crescer. Por algum tempo, contudo, a hera vermelha cresceu impressionantemente vigorosa e luxuriante. Espalhou-se pelas laterais do poço por volta do terceiro ou quarto dia do nosso encarceramento. Seus galhos, em formato de cactos, formaram uma moldura carmim nas bordas da nossa janela triangular. Eu a vi depois espalhada pela região, especialmente onde havia algum curso de água.

Os marcianos tinham o que parecia ser um órgão auditivo, um único tambor redondo na parte de trás das suas cabeças/corpos e olhos com um campo visual não muito distinto do nosso, exceto pelo fato de que, de acordo com Philips, o azul e o roxo pareciam pretos para eles. Muitos supunham que eles se comunicavam por sons e gestos tentaculares; isso foi afirmado, por exemplo, no panfleto compilado de forma apressada (escrito, evidentemente, por alguém que não testemunhou as ações dos marcianos) que já citei – aparentemente a principal fonte de informação sobre eles. Poucos humanos que sobreviveram viram tantos marcianos em ação quanto eu. Não é por acaso que dou esse crédito a mim mesmo – o que narro são fatos. Asseguro que vi bem de perto, repetidas vezes, quatro, cinco, seis deles uma vez executar lentamente operações complicadas, elaboradas, e juntos, sem emitir sons nem fazer gestos. O piado peculiar deles sempre precedia a alimentação; não tinha modulação e não era, acredito, em nenhum sentido sinal, e sim mera expiração preparatória de ar para a operação de sucção. Tenho base razoável de conhecimento elementar de psicologia e, neste assunto, estou firmemente convencido – tão convencido neste quanto em qualquer outro – de que os marcianos trocavam pensamentos sem intermediação física. Convenci-me disso apesar de vários preconceitos. Antes da invasão marciana, como qualquer leitor ocasional há de lembrar, escrevi com certa veemência contra a teoria da telepatia.

Os marcianos não usavam roupa. Seus conceitos de ornamento e decoro eram bem diferentes dos nossos, e eles eram não apenas muito menos sensíveis às mudanças de temperatura do que nós, mas, também, as mudanças de pressão não pareciam afetar-lhes seriamente a saúde. Ainda assim, apesar de não usarem roupa, era nos demais acréscimos aos seus recursos corporais que residia sua imensa superioridade sobre o homem. Nós, homens, sem nossas bicicletas e patins, nossas máquinas de voo de Lilienthal, nossas armas e paus e por aí afora, estamos apenas no começo da evolução alcançada pelos marcianos. Eles se tornaram praticamente meros cérebros que vestiam um corpo para cada necessidade, tanto quanto

A GUERRA DOS MUNDOS

os homens usam terno ou pegam a bicicleta quando estão com pressa e o guarda-chuva para não se molhar. Quanto aos equipamentos, talvez nada seja mais maravilhoso para o homem do que o fato curioso de que a peça predominante em quase todos os mecanismos humanos não está presente: a RODA; dentre todas as coisas que trouxeram para a Terra não há nem traço nem indicação de que usavam rodas. Elas seriam esperadas pelo menos para fins de locomoção. E, nesse contexto, é curioso observar que, na Terra, a natureza nunca superou a roda ou preferiu outros expedientes. E não apenas os marcianos dela nada sabiam (o que é incrível) ou dela se abstiveram, mas, na singularidade dos seus aparatos, pouco uso se fazia das polias fixas ou móveis, e os movimentos circulares se restringiam a um aeroplano. Quase todas as articulações do maquinário apresentavam um sistema complexo de partes móveis que deslizavam sobre pequenos mas lindamente curvados rolamentos de fricção. E já que estamos entrando em detalhes, é impressionante que as alavancas longas do maquinário eram, na maioria dos casos, acionadas por uma espécie de falsa musculatura de discos dentro de um invólucro elástico; esses discos eram polarizados e se atraíam com força quando atravessados por corrente elétrica. Neste sentido, foi alcançado o curioso paralelismo com o movimento dos animais, tão impressionante e perturbador para o observador humano. Tais quase músculos eram abundantes na máquina de manipulação em forma de caranguejo que, na primeira vez que espiei pela fresta, vi desembalar um cilindro. Ela parecia infinitamente mais viva que os marcianos de verdade deitados sob a luz do sol, ofegantes, girando os tentáculos ineficazes e movendo-se lentamente depois da sua vasta jornada pelo espaço.

Enquanto eu ainda lhes observava os movimentos morosos em plena luz do dia e notava cada detalhe estranho de seu formato, o padre me lembrou que estava presente puxando meu braço com violência. Virei-me e vi um rosto de reprovação e lábios silenciosamente eloquentes. Ele queria a vez dele no posto de observação, já que no espaço cabia apenas um de nós – tive então de desistir de assistir à cena por algum tempo para que ele pudesse se esbaldar nesse privilégio.

Quando chegou minha vez de novo, a incansável máquina de manipulação já reunira vários pedaços de aparatos retirados do cilindro num objeto cujo formato inconfundível era igual ao dela; à esquerda, um pequeno mecanismo de escavação entrou no meu campo de visão: ele emitia jatos de vapor verde e escavava e formava pilhas em volta do poço de forma metódica e calculada. Era isso que gerava o barulho constante de batidas e os choques rítmicos que mantinham os tremores nas ruínas que nos serviam de refúgio. A máquina assobiava e apitava enquanto trabalhava. Até onde eu pude ver, a coisa operava sem necessidade de marciano no controle.

OS DIAS DE ENCARCERAMENTO

A chegada da segunda máquina de guerra nos fez sair de perto da fresta por onde observávamos e voltar para a copa, pois temíamos que da altura em que estava o marciano ele pudesse nos ver atrás da nossa barricada. Com o passar do tempo começamos a sentir que já não havia tanto perigo de sermos vistos porque, lá fora, para aquele olho deslumbrado pelo brilho do sol, nosso refúgio deveria parecer um negro vazio – porém a qualquer sinal de aproximação nos retirávamos para a copa com o coração aos pulos. Ainda assim, por maior que fosse o perigo, a tentação de espiar era irresistível para nós dois. Recordo-me agora com certo espanto que, apesar do perigo infinito de morrermos de inanição ou de algo ainda mais terrível, disputávamos implacavelmente aquele horrível privilégio. Corríamos pela cozinha com um misto grotesco de ansiedade e pavor de fazer algum barulho e trombávamos um contra o outro; e na briga por alguns centímetros de fresta empurrávamos e chutávamos um ao outro.

O fato é que nossa incompatibilidade de disposições, hábitos e modo de agir era total, e nosso perigo e isolamento só acentuavam essa incompatibilidade. Em Halliford eu já odiava a mente rigidamente estúpida desse padre e sua mania de soltar exclamações de desespero. Seus monólogos de resmungos intermináveis contaminavam todos os meus esforços de imaginar uma linha de ação, e às vezes me levavam, até por repressão e intensidade, quase à beira da loucura. Ele tinha tanta falta de autocontrole quanto uma mulher tola. Chorava por horas seguidas, e chego a acreditar que até o fim aquela criança mimada pensava que suas lágrimas fracas eram de algum modo eficazes. E eu me sentava no escuro, incapaz de tirá-lo da cabeça por ele ser tão inoportuno. Ele comia mais do que eu; em vão eu lhe dizia que nossa maior chance de sobreviver era ficar na casa até que os marcianos terminassem o poço e que, nesse longo intervalo, chegaria um momento em que precisaríamos de comida. Ele comia e bebia compulsivamente, em enormes refeições com longos intervalos, e dormia pouco.

Conforme os dias foram passando, seu tremendo descaso e sua falta de consideração para comigo intensificaram tanto o perigo e a tensão entre nós que tive, por mais que odiasse fazer isso, de recorrer a ameaças e, por fim, à violência. Isso o fez voltar à razão por algum tempo. Mas ele era uma daquelas criaturas fracas, sem nenhum orgulho, uma daquelas almas tímidas, anêmicas e odiosas, cheias de esperteza ocasional, que não encaravam nem a Deus nem aos homens nem a si mesmas.

É desagradável lembrar e escrever estas coisas, mas registro-as para que na minha história nada fique de fora. Quem não passou pelos aspectos sombrios e terríveis da vida achará muito fácil condenar minha brutalidade, meu acesso de raiva na nossa tragédia final; pois como qualquer um, sabe o que é errado, mas não imagina de que é capaz um homem torturado. Mas quem esteve nas sombras, que se rebaixou ao que existe de mais elementar, será bem mais complacente.

E enquanto travávamos nossa disputa sombria de sussurros, saqueávamos a comida e a bebida e contínhamos nossas mãos e golpes, lá fora, na luz impiedosa do sol daquele junho terrível, seguia aquela rotina fantástica, estranha e desconhecida dos marcianos no poço. Deixe-me voltar para

A GUERRA DOS MUNDOS

essas minhas primeiras experiências. Depois de um bom tempo procurei novamente a fresta pela qual espiar e descobri que os recém-chegados receberam reforços dos ocupantes de não menos que três máquinas de guerra. Estes trouxeram consigo alguns equipamentos novos que estavam organizados em volta do cilindro. A segunda máquina de manipulação, já completada, estava ocupada abastecendo uma das novas engenhocas trazidas pela máquina grande. Essa segunda máquina era um objeto que pela forma lembrava um latão de leite; sobre ela oscilava um receptáculo em forma de pera de onde uma nuvem de pó branco fluía para dentro do contêiner de baixo.

Um tentáculo da máquina de manipulação transmitia o movimento oscilatório para dentro do contêiner. Com duas mãos em forma de espátula a máquina cavava e arremessava massas de lama para o receptáculo em volta de pera enquanto, com outro braço, abria a porta periodicamente e removia blocos vermelhos queimados da parte do meio da máquina. Outro tentáculo metálico direcionava o pó do contêiner por um canal com ranhuras em direção a algum receptor que eu não enxergava por causa de um monte de poeira azulada que me bloqueava a vista. Do pequeno recipiente, uma coluna de fumaça verde subia pelo ar silencioso. Enquanto eu olhava, a máquina de manipulação, com seu tênue e ritmado tilintar, estendeu, como se fosse um telescópio, um tentáculo que, no instante anterior, era mera protuberância, até que a sua ponta ficou atrás de um monte de barro. Em outro momento elevou uma barra de alumínio branco, ainda imaculado, com brilho estonteante, e a depositou ao lado do poço numa pilha de barras que ia aumentando. Entre o pôr do sol e o início do brilho das estrelas essa máquina habilidosa dever ter feito mais de uma centena dessas barras, e o monte de poeira azulada cresceu em ritmo constante até cobrir um dos lados do poço.

O contraste entre os movimentos ágeis e complexos daquelas máquinas e o ofegar desajeitado dos seus mestres era agudo; por dias, tive de reafirmar a mim mesmo repetidas vezes que elas é que eram os seres vivos.

H. G. Wells

O padre estava na fresta quando o primeiro homem foi levado até o poço. Eu estava sentado logo abaixo, escorado, ouvindo com atenção. Ele fez um movimento repentino para trás e eu, temendo que estivéssemos sendo observados, me encolhi em um espasmo de terror. Ele veio deslizando pelos escombros e se agachou ao meu lado na escuridão, dizendo coisas sem sentido, gesticulando e, por um momento, senti o mesmo pânico que ele. Seu gesto sugeria que ele abrira mão da fresta, e, algum tempo depois, minha curiosidade me deu coragem e levantei, passei por ele e subi até a fresta. A princípio não vi motivos para aquele gesto frenético. O crepúsculo havia chegado, as estrelas ainda brilhavam pouco, mas o poço era iluminado pelo brilho do fogo verde que vinha da máquina que produzia alumínio. A cena toda era um esquema intermitente de brilhos verdes e sombras vermelho-escuras que se moviam desafiando estranhamente os olhos. Por cima e pelo meio de tudo passaram os morcegos, não se atentando a nada. Os marcianos já não estavam visíveis, o monte de poeira azul-esverdeada subia até um ponto que os ocultava, e uma máquina de guerra, com as pernas contraídas, estava parada na quina do poço. E, então, entre o som rígido do maquinário, ouvi o som suspeito de vozes humanas, hipótese esta que a princípio descartei.

Agachei-me observando essa máquina de guerra com atenção, confirmando pela primeira vez que o capacete de fato continha um marciano. Conforme as chamas verdes subiam, eu podia ver o reflexo oleoso de sua pele e o brilho de seus olhos. De repente ouvi um grito e vi um tentáculo longo avançando sobre o ombro da máquina até a pequena gaiola encaixada nas costas. E algo, uma coisa que se debatia violentamente, foi erguido contra o céu, um enigma preto e vago diante da luz das estrelas, e quando esse objeto negro desceu, vi graças ao brilho verde que era um homem. Por um instante ele ficou bem visível. Era forte, robusto, de meia-idade, bem-vestido; três dias antes ele poderia estar andando pelo mundo, devia ser homem importante. Pude ver seus olhos vidrados e os brilhos de luz nos seus botões e na corrente. Ele sumiu atrás do monte e,

A GUERRA DOS MUNDOS

por um momento, tudo ficou em silêncio. Então começou o assobio e o piado constante e alegre dos marcianos.

Desci pelos escombros, esforcei-me para ficar de pé, tapei os ouvidos e fui à copa em disparada. O padre, agachado em silêncio com os braços sobre a cabeça, olhou para cima quando passei, gritou alto demais por eu me afastar dele e foi correndo até onde eu estava. Aquela noite, quando nos escondíamos na copa, oscilando entre o pavor e a terrível fascinação que aquela cena causava, apesar de eu sentir a necessidade incontrolável de agir, tentei em vão conceber um plano de fuga; mas depois, no segundo dia, fui capaz de analisar nossa situação com muita clareza. O padre, descobri, era incapaz de conversar; essa atrocidade nova e intensa tinha lhe roubado todos os vestígios de racionalidade ou raciocínio. Ele tinha se afundado praticamente ao nível de animal. Mas, como diz o ditado, levantei e sacudi a poeira. Ficou claro na minha cabeça, assim que pude encarar os fatos, que, por mais terrível que fosse nossa posição, ainda não havia motivos de desespero. Nossa maior esperança estava na possibilidade de os marcianos usarem o poço apenas como um acampamento temporário. Ou, mesmo que ficassem lá para sempre, poderiam não considerar necessário vigiá-lo e uma chance de fuga estaria à nossa disposição. Também pensei com muito cuidado na possibilidade de escavarmos uma saída em direção oposta ao poço, mas as chances de depararmos com uma máquina de guerra guardando o local parecia, a princípio, grande demais. Além do fato de que eu é que teria de fazer sozinho toda a escavação. Certamente eu não estava contando com o padre.

Foi no terceiro dia, se não me falha a memória, que vi que o tinham matado. Foi a única ocasião em que de fato vi os marcianos alimentar-se. Depois dessa experiência passei a evitar o buraco da parede na maior parte do dia. Fui para a copa, removi a porta e por algumas horas cavei com o meu machado da forma mais silenciosa possível, mas, quando o buraco atingiu uns sessenta centímetros, a terra deslizou fazendo muito barulho, e não ousei continuar. Perdi as forças e me deitei no chão da copa por muito tempo, sem ânimo para me mover. Depois disso, abandonei de vez a ideia de escapar cavando um buraco.

Diz muito da impressão que os marcianos causaram em mim o fato de que eu não tinha quase nenhuma esperança de que a nossa liberdade viria com a derrota deles pelo esforço humano. Mas na quarta ou na quinta noite ouvi um som parecido com armas pesadas.

Era tarde da noite e a lua brilhava intensamente. Os marcianos tinham levado a máquina de escavação e, salvo por uma máquina de guerra parada em uma borda remota do poço e uma máquina de manipulação parcialmente oculta em um canto dele abaixo da fresta, o lugar estava deserto. Exceto pelo brilho pálido da máquina de manipulação, das barras e dos trechos com o reflexo branco do luar, o poço estava na escuridão, e exceto pelo tilintar da máquina de manipulação, estava silencioso. Naquela noite havia uma serenidade bonita; salvo por um planeta, a Lua parecia ter o céu só para si. Ouvi um cão uivar, e esse som familiar me fez prestar atenção. Ouvi o som inconfundível de uma explosão, exatamente como o som de armas pesadas. Contei seis disparos distintos, e depois de um longo intervalo mais seis. E foi tudo que ouvi.

A MORTE DO PADRE

Foi no sexto dia do nosso aprisionamento que olhei pela fresta pela última vez e me vi, naquele momento, sozinho. Em vez de ficar perto de mim e tentar tomar a fresta, o padre tinha voltado para a copa. Um pensamento repentino me assustou. Voltei para a copa rápido e em silêncio. Na escuridão ouvi o padre bebendo. Tateei no escuro e meus dedos pegaram uma garrafa de vinho.

Por alguns minutos houve um embate. A garrafa bateu no chão e quebrou e eu desisti e me levantei. Ficamos de pé ofegantes, ameaçando um ao outro. No fim, coloquei-me entre ele e a comida e lhe disse que estava determinado a impor ordem. Dividi a comida da despensa em porções para durar dez dias. Não o deixaria comer mais nada naquele dia. À tarde ele fez uma tentativa tímida de pegar a comida. Eu estava cochilando, mas acordei na mesma hora. O dia todo e a noite toda ficamos sentados cara a cara, eu exausto, mas decidido, ele chorando e reclamando que estava com fome. Foi, tenho certeza, apenas um dia e uma noite, mas me pareceu, ainda me parece, um tempo interminável.

E, assim, nossa tremenda incompatibilidade acabou, por fim, em um conflito direto. Por dois dias longos nos enfrentamos com ofensas veladas e disputas de socos. Houve momentos em que bati nele e o chutei com fúria, vezes em que o convenci, e uma vez tentei suborná-lo com a última garrafa de vinho, pois tínhamos uma torneira que bombeava água da chuva para beber. Mas nem a força nem a gentileza serviram; ele estava, de fato, fora de si. Não seguia as precauções mais elementares para manter nossa sobrevivência no cárcere. Aos poucos comecei a perceber o desaparecimento completo de sua inteligência, a notar que na escuridão fechada e doentia minha única companhia era um louco.

Por causa de algumas memórias vagas, estou inclinado a pensar que às vezes minha própria mente se perdia. Tinha sonhos estranhos e pavorosos toda vez que dormia. Pode soar paradoxal, mas estou inclinado a pensar que a fraqueza e a insanidade do padre me deixavam alerta, envolviam-me e mantinham-me são.

No oitavo dia ele começou a falar alto em vez de sussurrar, e nada que eu fizesse era capaz de moderar seus discursos.

– É só que… ó Deus! – repetia sem parar. – É só isso. Que a mim e aos meus venha o castigo. Nós pecamos, falhamos. Havia pobreza e tristeza; os pobres eram largados às traças e continuávamos em paz. Preguei tolices aceitáveis… meu Deus, quanta tolice! Quando deveria levantar, eu me fazia de morto e dizia a eles que se arrependessem e rezassem!… Os opressores dos fracos e oprimidos… As vinícolas de Deus!

Depois, mudava de repente para a questão da comida que eu tirava dele, rezando, implorando, chorando e, por fim, ameaçando. Ele começou a subir a voz, pedi-lhe que não fizesse isso, ameaçou gritar e atrair os marcianos. Por um momento ele me assustou, mas qualquer concessão minha reduziria nossa expectativa de sobrevivência. Eu o desafiei, apesar de ter dúvidas se ele não seria de fato capaz de fazer aquilo. Mas aquele dia, por algum motivo, não o fez. Pela maior parte do oitavo e do nono dia sua voz se elevava devagar quando ele falava, com ameaças e súplicas que se misturavam com uma torrente quase insana e sempre intensa sobre o arrependimento que sentia por sua farsa vergonhosa a serviço de

A GUERRA DOS MUNDOS

Deus, o que me deixou com pena dele. Na sequência, dormia um pouco e recomeçava com as forças renovadas, tão alto que eu precisava pará-lo.

– Fique quieto! – implorava.

Ele estava sentado em um canto escuro perto do armário e ficou de joelhos.

– Fiquei quieto por muito tempo – disse ele em volume que deve ter chegado até o poço –, e agora devo prestar meu testemunho. Ai desta cidade infiel! Ai! Ai! Ai! Ai! Ai! Para os habitantes da terra em razão das outras vozes da trombeta...

– Cale a boca! – eu disse, levantando apavorado, pensando que os marcianos finalmente nos ouviriam. – Pelo amor de Deus...

– Não – gritou o padre, com toda a sua voz, levantando-se e estendendo os braços. – Fale! A palavra do Senhor está em mim!

Em três passos ele chegou à porta que dava para a cozinha.

– Tenho de prestar meu testemunho! Eu vou! Já adiei demais.

Estiquei minha mão e toquei em um cutelo pendurado. Em um instante fui atrás dele. Estava tomado pelo medo. Antes de ele chegar à metade da cozinha consegui dominá-lo. Com um último toque de humanidade que me restava virei a lâmina para trás e o atingi com o cabo. Ele caiu de cara no chão e ficou estirado. Cambaleei sobre ele e fiquei ali, ofegante. Ele estava parado.

De repente ouvi um barulho do lado de fora, um pedaço de gesso deslizando e se esmagando, e a fresta triangular na parede ficou escura. Olhei para cima e vi pelo buraco que a parte de baixo de uma máquina de manipulação vinha lentamente. Um dos membros com garras se espremeu por entre os destroços, outro membro apareceu tateando seu caminho por cima das vigas caídas. Fiquei paralisado, olhando. Então vi, refletidos em uma espécie de placa de vidro, perto do corpo, o rosto, se é que podemos chamar assim, e os grandes olhos negros do marciano espiando e, então, um longo tentáculo metálico serpenteante veio tateando bem devagar pelo buraco.

Virei-me com muito esforço, tropecei no padre e parei na porta da copa. O tentáculo estava em algum lugar a uns dois metros, no cômodo, dobrando-se e girando com movimentos ágeis e repentinos aqui e acolá. Por um momento fiquei fascinado com aquele avanço lento e espasmódico. Então, soltando um grito fraco e rouco, forcei-me a atravessar a copa. Eu tremia violentamente, mal parava em pé. Abri a porta do depósito de carvão e fiquei lá, no escuro, encarando a passagem mal iluminada para a cozinha e ouvindo. O marciano me viu? Que estava fazendo?

Algo se movia de um lado a outro, em silêncio; de vez em quando batia numa parede ou reiniciava os movimentos com leve tinir metálico como o de chaves nos chaveiros. Então um corpo pesado, que eu conhecia bem, foi arrastado pelo chão da cozinha em direção à fresta. Sentindo atração irresistível, rastejei até a porta e olhei para a cozinha. No triângulo iluminado por fora pela luz brilhante do sol vi o marciano, o Briareu[2] que era a máquina de manipulação, escrutinar a cabeça do padre. Pela marca do golpe que eu lhe infligira, achei que a criatura deduziria que eu estava por lá.

Rastejei de volta para o depósito, fechei a porta e ali no escuro, no meio da lenha e do carvão, cobri-me o máximo que pude com o mínimo de barulho possível. De pouco em pouco parava, ficava imóvel e tentava ouvir – teria o marciano mais uma vez lançado seus tentáculos pela fresta? Então o leve tinir metálico voltou. Rezei sem parar. Passou, arranhando de leve a porta do depósito. Uma era inteira de um suspense quase intolerável interveio; então o ouvi mexendo no trinco! Achou a porta! Os marcianos sabiam o que era porta!

Atrapalhou-se com a maçaneta por um minuto, talvez, e a porta se abriu.

Na escuridão, aquela coisa era só o que eu conseguia ver – semelhante a tromba de elefante mais do que a qualquer outra forma, veio serpenteando na minha direção, tocando e examinando as paredes, o carvão, as

---

[2] Na mitologia grega, um dos três gigantes de cem braços e cinquenta cabeças, filhos de Gaia e Urano. (N.E.)

madeiras e o teto. Era como um verme preto que girava a cabeça cega de um lado a outro.

Em um momento chegou a tocar o salto da minha bota. Eu estava prestes a gritar, mas mordi a mão. Por um instante o tentáculo ficou em silêncio. De repente, com um estalo abrupto, pegou alguma coisa (achei que tinha me encontrado!) e pareceu sair do depósito de novo. Por um minuto não tive certeza. Aparentemente pegara um pedaço de carvão para examinar.

Aproveitei a oportunidade para mudar ligeiramente de posição, pois eu estava imprensado, e para ouvir. Sussurrei orações emocionadas suplicando segurança.

Então ouvi de novo um som lento e calculado de algo rastejando na minha direção. Devagar, bem devagar, foi chegando mais perto, arranhando as paredes e tateando a mobília.

Enquanto eu ainda estava em dúvida, bateu com força contra a porta do depósito e a fechou. Eu o ouvi seguindo para a despensa, ouvi as latas chacoalhando e uma garrafa quebrando, e então uma batida forte contra a porta do depósito. Depois veio o silêncio acompanhado de infinito suspense.

Foi embora?

Por fim decidi que sim.

Não entrou mais na copa, mas eu fiquei deitado durante o décimo dia inteiro, fechado na escuridão, enterrado entre carvão e lenha, sem nem ousar rastejar para pegar a bebida pela qual eu estava desesperado. Foi só no décimo primeiro dia que me aventurei fora da minha zona de segurança.

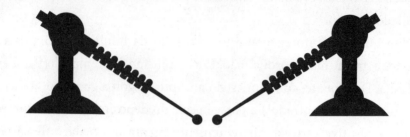

A CALMARIA

Meu primeiro ato antes de ir para a despensa foi trancar a porta entre a cozinha e a copa. Mas a despensa estava vazia; toda a comida tinha desaparecido. Ao que tudo indicava, o marciano levou tudo no dia anterior. Essa descoberta me desesperou a princípio. Não comi nem bebi nada no décimo primeiro e no décimo segundo dia.

No começo, minha boca e garganta estavam ressecadas e minha força diminuiu consideravelmente. Sentei-me na escuridão da copa, em um estado de tristeza e exaustão. Minha cabeça só pensava em comida. Achei que tinha ficado surdo, pois os barulhos de movimento vindos do poço aos quais me acostumara cessaram por completo. Não tinha força para rastejar em silêncio até a fresta, ou teria ido lá.

No décimo segundo dia minha garganta doía tanto que, mesmo correndo o risco de alertar os marcianos, fui até perto da pia, ataquei a bomba de água que rangia alto e tomei dois copos inteiros de água preta e contaminada da chuva. Fiquei tremendamente refrescado e mais corajoso porque nenhum tentáculo curioso seguiu o barulho da bomba.

A GUERRA DOS MUNDOS

Durante esses dias, de forma confusa e inconclusiva, pensei muito no padre e na maneira como morreu.

No décimo terceiro dia, bebi um pouco mais de água, cochilei e tive pensamentos desconexos sobre comida e planos vagos e impossíveis de fuga. Sempre que cochilava sonhava com fantasmas horríveis, com a morte do padre ou com jantares suntuosos; mas, dormindo ou acordado, sentia intensa dor que exigia que eu bebesse sem parar. A luz que entrava na copa já não era acinzentada, mas vermelha. Para minha imaginação alucinada parecia cor de sangue.

No décimo quarto dia, fui para a cozinha e me surpreendi ao descobrir que os galhos da hera vermelha tinham crescido pela fresta na parede, tingindo a meia-luz do lugar de carmesim escuro.

Foi no começo do décimo quinto dia que ouvi uma sequência de sons curiosos e familiares na cozinha. Prestei atenção e reconheci que era um cachorro cavoucando e farejando. Fui até a cozinha e vi o focinho do animal pela fresta entre os galhos vermelhos. Isso me surpreendeu. Ao sentir meu cheiro ele latiu.

Pensei que se conseguisse induzi-lo a entrar em silêncio eu pudesse matá-lo para comer e, de qualquer forma, era aconselhável matá-lo ou as ações dele atrairiam a atenção dos marcianos.

Rastejei para a frente dizendo "oi, cachorrinho!" de forma bem suave; mas ele endireitou a cabeça repentinamente e desapareceu.

Eu ouvi – não estava surdo –, e o poço permanecia em silêncio. Ouvi um barulho semelhante ao farfalhar de asas de pássaro e um coaxo rouco, mas foi só isso.

Por um bom tempo fiquei perto da fresta, mas sem ousar mexer nas plantas vermelhas que a bloqueavam. Uma ou duas vezes ouvi um ruído parecido com patas de cachorro indo de um lado a outro na areia ao redor, e havia mais sons de pássaros, mas foi só isso. Por fim, encorajado pelo silêncio, olhei.

Exceto por um canto onde uma multidão de corvos saltava e disputava esqueletos dos mortos consumidos pelos marcianos, não havia nenhuma criatura viva no poço.

Olhei em volta, mal podia acreditar nos meus olhos. Todo maquinário tinha ido embora. Salvo por um amontoado grande de poeira azul acinzentada num canto, algumas barras de alumínio em outro, os pássaros negros e os esqueletos, o lugar era um mero buraco vazio na areia.

Aos trancos, mas devagar, avancei pela hera vermelha e parei sobre um monte de escombros. Podia ver em todas as direções exceto atrás de mim, ao norte. Não se avistava nem marcianos nem sinal algum deles. O poço se aprofundava bem à frente dos meus pés, mas, ladeando os escombros, havia uma inclinação até o topo das ruínas. Chegara a minha chance de escapar. Comecei a tremer.

Hesitei por algum tempo e, então, num surto de certeza desesperada e com o coração aos pulos, subi até o topo do buraco em que estivera enterrado por tanto tempo.

Olhei em volta de novo. Ao norte também não havia sinais visíveis de marcianos.

Na última vez que vi essa parte de Sheen sob a luz do dia, havia uma rua afastada com casas confortáveis vermelhas e brancas intercaladas com árvores frondosas. Agora eu estava de pé sobre um monte de tijolos quebrados, barro e cascalho, em cima do que uma grande quantidade de plantas vermelhas parecidas com cactos chegava até a altura dos joelhos, sem vegetação solitária que com elas disputasse o território. As árvores perto de mim estavam mortas e marrons, mas uma fileira de galhos vermelhos escalou os caules que ainda tinham vida.

As casas vizinhas foram todas destruídas, mas nenhuma fora queimada; as paredes estavam de pé – algumas até mantinham o segundo andar –, mas com janelas estilhaçadas e portas quebradas. A hera vermelha cresceu de modo desordenado pelos cômodos sem teto. Abaixo, o poço enorme, em torno do qual os corvos lutavam pelos refugos. Vários outros pássaros saltavam entre as ruínas. Ao longe, vi um gato esquelético deslizar por uma parede, mas não havia nem sinal de homens.

Contrastando com o meu confinamento recente, o dia me pareceu de uma claridade ofuscante e o azul do céu reluzia. Uma brisa gentil balançava de leve a hera vermelha que cobria cada pedaço desocupado de terra. E ó! Como era doce o ar!

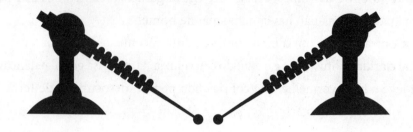

O TRABALHO DE QUINZE DIAS

Por algum tempo perambulei sobre aquele monte sem pensar na minha segurança. Dentro da masmorra fétida de onde emergi, meus pensamentos giravam em torno de nossa segurança imediata apenas. Não refleti sobre o que acontecia no mundo, nem imaginei o espanto diante de coisas tão incomuns. Esperava ver Sheen em ruínas, mas o que encontrei foi uma paisagem estranha e sombria de outro planeta.

Naquele momento fui tocado por uma emoção desconhecida dos homens comuns que, no entanto, os pobres brutos por nós dominados conheciam tão bem. Senti o mesmo que o coelho deve sentir quando volta para a toca e, de repente, depara com o trabalho de uma dezena de operários cavando o alicerce de uma casa. Senti o início de algo que de imediato ficou bem nítido na minha cabeça, algo que me oprimiu por muitos dias: eu fora destronado, tinha agora a convicção de que já não era o mestre, e sim mais um animal dentre outros sob o domínio dos marcianos. Teríamos de viver como eles, sempre em alerta, nas sombras, correndo e se escondendo; o medo que o homem inspirava e o império que construíra haviam chegado ao fim.

A GUERRA DOS MUNDOS

Mas o estranhamento se foi tão rápido quanto veio, e minha principal motivação passou a ser a fome causada pelo meu longo e sinistro jejum. Longe do poço eu vi, depois de uma parede coberta de vermelho, um trecho de um jardim descoberto. Aquilo me deu uma ideia e eu fui até lá, com a hera vermelha até os joelhos e por vezes até o pescoço. A densidade da vegetação me deu a sensação tranquilizadora de estar escondido. A parede tinha quase dois metros e, quando tentei escalar, descobri que o meu pé não era capaz de chegar ao topo. Dei a volta, alcancei algumas rochas que me auxiliaram a subir e pulei no jardim que eu cobiçava. Ali achei algumas cebolas novas, dois bulbos de gladíolos e várias cenouras ainda não maduras; recolhi tudo, saltei uma parede desmoronada e segui meu caminho pela vegetação vermelha e carmim rumo a Kew, e a sensação que eu tinha era de andar por uma avenida coberta de gotas de sangue gigantescas. Duas ideias tomavam minha mente: conseguir mais comida e andar, até onde minha força permitisse, para longe dessa região amaldiçoada e sobrenatural do entorno do poço.

Em algum lugar distante, em um trecho gramado, havia alguns cogumelos que devorei. Depois deparei com um lençol marrom de água rasa corrente, num lugar que antes era uma planície. Essa alimentação fragmentada só aguçou a minha fome. A princípio fiquei surpreso com aquela inundação em um dia quente e seco de verão, mas, depois, descobri que era causada pela exuberância tropical da hera vermelha. Assim que a vegetação extraordinária encontrou a água, tornou-se gigante e de uma fecundidade sem paralelo. Suas sementes foram despejadas nas águas do Rio Wey e do Tâmisa, e seu crescimento rápido e suas folhas titânicas sedentas em pouco tempo sufocaram ambos os rios.

Em Putney, como vi depois, a ponte estava quase toda encoberta por um emaranhado dessa hera. Também em Richmond, a água do Tâmisa era uma corrente ampla e rasa que atravessava as planícies de Hampton e Twickenham. Por onde a água se espalhava, as ervas daninhas a seguiam até o ponto em que casas arruinadas do vale do Tâmisa ficaram escondidas por algum tempo sob esse pântano vermelho cuja margem eu explorei, e, com isso, boa parte do rastro de destruição deixado pelos marcianos ficou escondida.

Por fim, a hera vermelha sucumbiu quase com tanta rapidez quanto se espalhou. Uma doença corrosiva causada, acredito eu, por determinada bactéria acabou por dominá-la. Pela ação da seleção natural todas as plantas terrestres adquiriram imunidade contra as doenças bacterianas, e nunca sucumbiam sem intensa luta; já a hera vermelha apodreceu como se já estivesse morta. As folhas ficaram sem cor, e depois secas e quebradiças. Caíam com qualquer toque, e a água que estimulou seu crescimento inicial carregou seus últimos vestígios para o mar.

Meu primeiro ato ao chegar até essa água foi, é claro, aplacar minha sede. Bebi muita água e, movido por impulso, mastiguei algumas folhas da hera vermelha; mas eram aguadas e tinham gosto metálico enjoativo. Vi que a água era rasa o suficiente para eu andar em segurança, mesmo que a hera vermelha se enroscasse um pouco nos meus pés, e voltei para Mortlake. Reconheci a estrada pelas ruínas ocasionais das casas, cercas e postes de iluminação e, em pouco tempo, saí desse lugar subindo a colina sentido Roehampton e cheguei aos campos de Putney.

Ali o cenário mudou de estranho e desconhecido para os escombros já familiares: alguns trechos pareciam ter sofrido a devastação de um ciclone, e poucos metros à frente havia áreas intactas, casas com as persianas abaixadas e portas fechadas, como se tivessem sido abandonadas pelos donos dias antes ou como se eles lá estivessem dormindo. As ervas daninhas eram menos abundantes, e as árvores altas na rua estavam livres das trepadeiras vermelhas. Procurei comida entre as árvores; como não achei nada, invadi algumas casas silenciosas, mas já tinham sido arrombadas e saqueadas. Descansei o restante do dia em uma moita, enfraquecido pela fome e muito fatigado para prosseguir.

Nesse tempo todo não vi seres humanos e nenhum sinal dos marcianos. Encontrei dois cães que pareciam famintos, mas ambos fugiram de mim.

A GUERRA DOS MUNDOS

Perto de Roehampton vi dois esqueletos humanos, não corpos, esqueletos, sem carne alguma, e na floresta os ossos partidos e espalhados de vários gatos e coelhos e o crânio de uma ovelha. Roí alguns pedaços, mas nada havia neles que prestasse.

Depois do pôr do sol me arrastei pela estrada que rumava para Putney, na qual, imagino, o raio de calor deve ter sido usado por algum motivo. Em Roehampton encontrei num jardim uma boa quantidade de batatas ainda verdes, suficientes para apaziguar minha fome. O aspecto do lugar na escuridão era de singular desolação: árvores queimadas e, abaixo da colina, o rio tingido de vermelho pela erva daninha. Acima de tudo, o silêncio. Isso me deixava com a sensação indescritível de terror ao pensar quão veloz fora aquela mudança desoladora.

Por algum tempo acreditei que a humanidade tinha sido extinta, que eu estava sozinho, o último homem vivo. Logo depois, no topo da colina de Putney, deparei com outro esqueleto cujos braços foram removidos e abandonados a vários metros do restante do corpo. Conforme eu prosseguia, ficava cada vez mais convencido de que o extermínio da raça humana já era, salvo um ou outro sobrevivente perdido como eu, fato consumado naquela parte do mundo. Os marcianos, pensei, tinham partido e abandonado o país desolado para procurar alimento em outro lugar. Talvez naquele exato momento estivessem destruindo Berlim ou Paris, ou rumado para o norte.

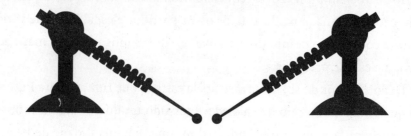

O HOMEM NA COLINA DE PUTNEY

Passei aquela noite na estalagem situada no topo da colina de Putney, dormindo em cama de verdade pela primeira vez desde a minha fuga para Leatherhead. Não vou contar os problemas desnecessários que tive para invadir o lugar – só depois de entrar descobri que a porta da frente estava destrancada – nem como vasculhei todos os cômodos em busca de comida até chegar, já à beira do desespero, ao que me pareceu ser o quarto dos criados, onde encontrei um pão roído e duas latas de abacaxi. O lugar já fora vasculhado e esvaziado. Depois achei no bar alguns biscoitos e sanduíches que passaram despercebidos. Estes, eu não comi, estavam podres, mas não só matei a fome com os biscoitos como enchi os bolsos. Não acendi luz nenhuma, com medo de que algum marciano pudesse rondar aquela região de Londres durante a noite atrás de comida. Antes de ir para a cama, tive um momento de inquietação e passei de janela em janela procurando algum sinal daqueles monstros. Dormi pouco. Assim que deitei me vi pensando sem parar, algo que não lembro ter feito desde minha última discussão com o padre. Durante todo esse tempo, minha condição mental fora uma sucessão acelerada de estados emocionais vagos

A GUERRA DOS MUNDOS

ou uma espécie de receptividade estúpida. Mas à noite meu cérebro, fortalecido, suponho, pela comida que encontrei, ganhou nova clareza e eu consegui pensar.

Três coisas disputavam o controle da minha mente: a morte do padre, a localização dos marcianos e o possível destino da minha esposa. O primeiro pensamento não me causou nenhuma sensação de medo ou remorso pelo que me lembro – vi a situação simplesmente como fato consumado, uma memória infinitamente desagradável, mas quase sem as características de remorso. Naquele momento eu me vi como me vejo agora, conduzido aos poucos por aquele golpe repentino, uma sequência de acidentes que redundou, inevitavelmente, naquilo. Não me condenei; ainda assim, a memória estática, o momento congelado no tempo, assombrou-me. Na calada da noite, com a sensação de proximidade com Deus surgida por vezes na calmaria e na escuridão, enfrentei meu julgamento, meu único julgamento, por aquele momento de ódio e medo. Refiz passo a passo a nossa conversa desde o momento em que o encontrei parado ao meu lado, sem se importar com a minha sede, apontando para o fogo e fumaça das ruínas de Weybridge. Fomos incapazes de cooperar, foi muito azar não termos atentado para isso. Se tivesse previsto o que aconteceria, eu o teria deixado em Halliford. Mas não previ, e crime é prever e agir. Pensei em tudo isso, da forma como escrevi esta história, como de fato aconteceu. Não há testemunhas, então eu poderia ter escondido tudo. Mas registrei aqui para que o leitor faça seu julgamento.

E quando, com esforço, coloquei de lado a imagem do corpo prostrado, enfrentei o problema dos marcianos e o destino da minha esposa. Para o primeiro, eu não tinha informações; podia imaginar uma centena de cenários e, da mesma forma, infelizmente, era o que podia fazer com a última questão. De repente aquela noite ficou terrível. Fiquei sentado na cama encarando a escuridão. Surpreendi-me rezando para que o raio de calor a tivesse atingido de forma repentina, encerrando sua existência de forma indolor. Eu não rezava desde a noite em que voltei de Leatherhead.

Eu murmurava preces, preces de feitiço, orava como um pagão a lançar encantamentos em momentos extremos; mas agora eu rezava para valer, suplicava com firmeza e sanidade, face a face com a escuridão que é Deus. Que noite estranha! O mais estranho disso tudo foi que, assim que amanheceu, eu, que falei com Deus, rastejei para fora da casa como rato do esconderijo, uma criatura um pouco maior, um animal inferior, algo que, por qualquer capricho passageiro de nossos mestres, poderia ser caçado e morto. Talvez também eles rezassem em segredo para Deus. Com certeza, mesmo que não tivéssemos aprendido mais nada, essa guerra ao menos nos ensinou a ser piedosos, piedosos com as almas irracionais que sofrem sob o nosso domínio.

A manhã estava clara e agradável. A leste, salpicado de nuvens douradas o céu reluzia em tom rosa. Nas estradas que iam do alto das colinas de Putney até Wimbledon havia vários vestígios da torrente de pânico que deve ter tomado os arredores de Londres na noite de domingo após o início da batalha. Havia uma carroça pequena de duas rodas com os nomes Thomas Lobb, Greengrocer e New Malden gravados; uma das rodas estava esmagada, e a caçamba metálica abandonada. Havia um chapéu de palha encrustado na lama endurecida. No topo da colina de West, muitos vidros manchados de sangue em volta de um bebedouro revirado. Meus movimentos eram lentos; meus planos, os mais vagos. Pensei em ir para Leatherhead, mesmo sabendo que não tinha a mínima chance de encontrar minha esposa. Com certeza, a menos que a morte os tenha pegado de surpresa, meus primos e ela teriam fugido; mas na minha cabeça lá eu descobriria para onde o pessoal de Surrey fugiu. Sabia que queria encontrar a minha esposa, que meu coração sofria com a falta dela e da civilização, mas não tinha ideia clara de como chegar até ela. Eu também estava dolorosamente ciente da minha solidão intensa. Daquele canto eu fui, escondido sob um bosque, até a beirada da pradaria de Wimbledon, que se espalhava por uma área imensa.

Aquela extensão escura era iluminada em alguns trechos por tojos e giestas amarelos; não havia sinal de erva daninha e, conforme perambulei hesitante, quase em campo aberto, o sol nasceu a tudo inundando de luz e vitalidade. Topei com uma aglomeração de sapos agitados em um lugar pantanoso entre as árvores. Parei para observá-los e aprendi a lição de quanto eram determinados a viver. Naquele momento, virei-me de repente com a sensação estranha de estar sendo observado e deparei com algo agachado entre um amontoado de arbustos. Prestei mais atenção. Avancei até o lugar, e um homem apareceu armado com um cutelo. Eu me aproximei devagar. Ele ficou em silêncio e imóvel me olhando.

Conforme me aproximei percebi que a roupa dele era tão imunda e empoeirada quanto a minha; ele parecia ter sido arrastado por um bueiro. Mais de perto, distingui o musgo verde das valas misturado com um pó opaco de argila seca e manchas brilhantes de carvão. O cabelo negro lhe caía sobre os olhos e o rosto estava escuro, sujo e murcho, de forma que a princípio não o reconheci. Havia um corte vermelho na parte de baixo do seu rosto.

– Pare! – gritou quando eu estava a menos de dez metros. Parei.

A voz dele era rouca. – Está vindo de onde? – perguntou.

Pensei, avaliando-o.

– Vim de Mortlake. – Fiquei enterrado perto de um poço que os marcianos fizeram em volta do cilindro deles. Consegui escapar.

– Não tem comida aqui – disse ele. – Aqui é o meu território. Esta colina inteira até o rio, lá atrás até Clapham e subindo até a beira da pradaria. Só tem comida para uma pessoa. Para que lado você vai?

Respondi devagar.

– Não sei. Fiquei enterrado nas ruínas de uma casa por treze ou catorze dias. Não sei o que aconteceu.

Ele me olhou incrédulo, virou-se e olhou de novo com expressão diferente.

– Não pretendo ficar aqui – eu disse. – Acho que vou para Leatherhead, pois minha esposa ficou lá.

Ele apontou o dedo.

– É você – disse –, o homem de Woking. Você não foi morto em Weybridge?

Naquele instante eu o reconheci.

– Você é o soldado de artilharia que entrou no meu jardim.

– Que sorte! – exclamou. – Nós somos sortudos! Ora veja! – ele estendeu a mão, eu o cumprimentei.

– Rastejei por uma vala – ele disse. – Mas eles não mataram todo mundo. E depois que eles se foram parti para Walton pelos campos. Mas... não se passaram nem dezesseis dias... e o seu cabelo está grisalho.

– Ele olhou por cima do ombro de repente. – É só uma gralha – ele disse. – Hoje em dia a gente tem que lembrar que os pássaros têm sombras. Estamos em um campo muito aberto. Vamos sentar debaixo daqueles galhos e conversar.

– Você viu algum marciano? – questionei. – Desde que eu saí...

– Eles seguiram para o outro lado de Londres – respondeu. – Acho que montaram um acampamento grande lá. À noite, por todo aquele lado, indo para Hampstead, o céu ganha vida com as luzes deles. É como uma cidade grande, e no brilho você quase pode vê-los mover-se. Durante o dia não. Mas faz – ele contou nos dedos – cinco dias que não os vejo. Cheguei a ver dois deles em direção a Hammersmith carregando algo bem grande. E, na noite antes disso – parou e disse em tom inexpressivo –, vi só luzes, mas havia algo no ar. Acho que eles construíram uma máquina voadora e estavam aprendendo a voar.

Parei, apoiado em minhas mãos e joelhos, pois tínhamos chegado aos arbustos.

– Voar!

– Sim, voar – ele disse.

Fui até a sombra de uma árvore e sentei.

– É o fim da humanidade – eu disse. – Se podem fazer isso, vão tomar o mundo todo.

Ele assentiu.

– Vão. Mas… as coisas por aqui vão aliviar um pouco. Além disso – ele me olhou –, você não está convencido de que é o fim da humanidade? Eu estou. Estamos no chão; derrotados.

Fiquei imóvel. Por mais estranho que possa parecer, eu não tinha chegado àquela conclusão, conclusão bem óbvia assim que ele falou. Eu ainda tinha uma vaga esperança; mais que isso, era quase um hábito. Ele repetiu suas próprias palavras, "estamos derrotados", com absoluta convicção.

– Acabou tudo – ele disse. – Eles perderam UM… só UM. Nem se abalaram e arrasaram a maior potência do planeta. Andaram sobre nós. A morte daquele em Weybridge foi acidente. E esses são só os pioneiros… não vi mais nenhum nos últimos cinco ou seis dias, mas não tenho dúvida de que estão caindo em algum lugar todas as noites. Não há nada a ser feito. Estamos no chão! Derrotados!

Não respondi. Fiquei sentando observando, tentando em vão desenvolver algum argumento para rebater aquele pensamento.

– Isso não é uma guerra – disse o soldado. – Nunca foi uma guerra, não mais que uma guerra entre homens e formigas.

De repente me lembrei da noite no observatório.

– Depois do décimo tiro, não dispararam mais… pelo menos até aquele primeiro cilindro ter chegado.

– Como você sabe? – perguntou o soldado. Expliquei. Ele pensou.

– Algum defeito na arma? – perguntou. – Mas e se for isso? Eles vão consertar de novo. E, mesmo que haja atraso, isso muda alguma coisa? Continua sendo homens contra formigas. Formigas constroem cidades, vivem a vida delas, fazem guerras, revoluções, até os homens botá-las para fora. E é isso que nós somos agora… meras formigas. Só isso…

– Sim – eu disse.

– Formigas comestíveis.

Ficamos sentados olhando um para o outro.

– E que farão conosco? – perguntei.

– É nisso que venho pensando – disse ele. – Nisso que venho pensando. – Depois de Weybridge eu fui para o sul... pensando. Eu vi o que estava acontecendo. A maioria das pessoas ficou só gritando e se emocionando. Mas não gosto de gritar. Estive diante da morte uma ou duas vezes; não sou soldadinho de enfeite e, na melhor ou na pior das situações, morte... é só morte. Vi todo mundo rumar para o sul. Disse a mim mesmo que a comida não ia durar por ali e voltei. Fui em direção aos marcianos como os pardais vão atrás dos homens. Por todos os lados – ele balançou as mãos para o horizonte – estão aos montes passando fome, devorando-se, passando uns por cima dos outros...

Ele viu minha expressão e ficou sem jeito.

– Sem dúvida, várias pessoas com dinheiro fugiram para a França – disse ele. Pareceu hesitar sem saber se pedia desculpas, olhou nos meus olhos e prosseguiu. – Tem comida nessa região. Enlatados nas lojas; vinhos, destilados, água mineral; e as minas e lençóis de água estão secos. Bem, eu estava dizendo a você o que eu acho.

– Eles são as criaturas inteligentes – eu disse – e parece que querem nos comer. Primeiro vão nos destruir, acabar com os navios, máquinas, armas, cidades, toda a ordem e organização. Tudo isso vai desaparecer. Se fôssemos do tamanho de formigas, poderíamos sobreviver. Mas não somos. Tudo aqui é grande demais. Essa é a primeira certeza. Não é?

Assenti.

– Pois é, pensei nisso. Muito bem, próximo passo, ou a gente é procurado ou capturado. O marciano precisa só andar alguns quilômetros para pegar um grupo de fugitivos. E eu vi um, um dia, perto de Wandsworth, derrubar casas e vasculhar os escombros. Mas não vão continuar fazendo isso. Assim que acabarem com todas as nossas armas e navios, esmagarem nossas ferrovias e terminarem todas as atividades, vão começar a nos caçar de forma sistemática, pegando os melhores e armazenando em cativeiros. É isso que vão começar a fazer logo mais. Meu Deus! Ainda nem começaram. Percebe?

– Nem começaram! – exclamei.

– Nem começaram. Tudo que aconteceu até agora foi por não termos o bom senso de ficar quietos, de não incomodá-los com nossas armas e tolices. Por perdermos a cabeça e começarmos a fugir em bandos para lugares que não eram mais seguros do que onde estávamos. Eles ainda não querem nos perturbar. Estão construindo seus equipamentos, montando aqui o que não conseguiram trazer, preparando tudo para quando os demais chegarem. Quase certo de que é esse o motivo de os cilindros terem parado por algum tempo, por medo de atingir os que estão aqui. E em vez de corrermos às cegas, uivando, ou de arranjarmos explosivos para tentar atacá-los, teríamos que nos adequar à nova ordem. É assim que eu vejo a situação. Não é o que o homem quer para sua espécie, mas é para isso que os fatos apontam. E foi sob esse princípio que eu agi. Cidades, nações, civilização, progresso, tudo isso acabou. O jogo está perdido. Fomos derrotados.

– Mas se é assim, que sentido resta nesta vida?

O soldado olhou para mim por um momento.

– Não haverá mais concertos fantásticos por um milhão de anos ou mais; nem Academia Real de Artes, nem jantares finos nos restaurantes. Se é diversão que você procura, entendo que o jogo acabou. Se você sabe de cor as regras de etiqueta, despreza quem come ervilhas com faca ou quem engole sílabas quando fala, melhor "engolir" isso. Nada disso tem utilidade.

– Você quer dizer…

– Estou dizendo que homens como eu vão continuar vivendo, pelo bem da raça humana. E garanto, estou bem determinado a viver. E se não estou enganado, VOCÊ também mostrará de que é feito, antes que seja tarde. Não seremos exterminados. E eu também não pretendo ser capturado, domado, engordado para procriar como um touro. Ugh! Imagine aquelas criaturas rastejantes marrons!

– Você não quer dizer...

– Isso mesmo. Vou seguir a vida, debaixo do nariz deles. Já planejei tudo, pensei bem sobre isso. Nós, homens, estamos derrotados. Não sabemos o suficiente. Temos que aprender antes de ter uma chance. E temos que viver e manter nossa independência enquanto aprendemos. Viu? É isso que tem que ser feito.

Olhei para ele, espantando e profundamente abalado com a determinação daquele homem.

– Deus! – gritei. – Você é homem de verdade! – E de súbito agarrei a mão dele.

– Não é? – disse ele, com os olhos brilhando. – Pensei bem nisso, não?

– Prossiga – eu disse.

– Bem, aqueles que querem escapar da captura têm que se preparar. Estou me preparando. Veja, não estamos todos preparados para nos tornar criaturas selvagens, e é isso que precisamos ser. É por isso que eu observei você. Tinha minhas dúvidas. Você está mais magro. Não sabia que era você, entende? Nem como ficou enterrado. Essa gente que mora naquelas casas e esses malditos escriturários que vivem do jeito que vivem não vão ter serventia. Não existe alma dentro deles, não existe orgulho ou ambição, e homem que não tem nem um nem outro... Deus meu! Que sobra dele além de medo e precaução? Estão acostumados a fugir do trabalho... já vi centenas deles, com o café na mão, correndo arrumadinhos para pegar o trem no horário, com medo de ser demitidos se chegarem atrasados; trabalhando em um negócio que eles têm medo de se esforçar para entender; fugindo de volta para casa com medo de perderem a hora do jantar; trancando-se depois do jantar por medo das ruas, dormindo com a esposa com quem casaram não porque a quisessem, mas porque o pouco de dinheiro que tinham era suficiente para lhes dar segurança durante sua única fuga miserável por esta existência. Seguros de vida e um pouco de dinheiro investido por medo de acidente. E, aos domingos, o medo do futuro. Como se o inferno fosse feito para os coelhos! Bem, para essas pessoas os marcianos serão um presente de Deus. Gaiolas espaçosas, comida farta, reprodução cuidadosa, sem preocupações. Depois de uma semana ou mais soltas nos campos procurando comida para o estômago vazio, elas se entregarão de bom grado. Ficarão bem felizes por algum tempo. Imaginarão o que as pessoas faziam antes de ter os marcianos para cuidar delas. E os vagabundos, mulherengos, os cantores, posso até imaginá-los – falou com satisfação sombria. – Haverá algum nível de sentimento e religiosidade entre eles. Há centenas de coisas que eu vi com meus próprios olhos que só comecei a entender com clareza nos últimos dias. Muitos aceitarão as coisas como são... gordos e estúpidos, outros tantos se preocuparão com várias coisas sem o menor sentido, achando que deveriam fazer alguma coisa. Hoje, sempre que a situação é tal que as pessoas se obrigam a agir, os mais fracos e os que se esmorecem diante das situações complicadas sempre buscam uma religião que lhes recomende não fazer nada, um ser superior muito piedoso, e se submetem ao julgamento e à vontade de Deus. É provável que você tenha visto o mesmo. É energia em um vendaval de medo que revira tudo de dentro para fora. As gaiolas estarão cheias de salmos, hinos e piedade. E os mais simplórios hão de batalhar por um pouco de... como é mesmo?... erotismo.

Ele fez pausa.

– É provável que os marcianos transformem alguns em animais de estimação, deem-lhes treinamento para fazer truques... quem sabe? Talvez fiquem sentimentais diante do garotinho de estimação que cresceu e tem que ser abatido. E alguns, talvez, serão treinados para nos caçar.

– Não! – gritei. – Isso é impossível! Nenhum ser humano...

– De que adianta prosseguir com essas mentiras? – disse o soldado. – Há homens que farão isso com prazer. Não faz sentido fingir que não!

Sucumbi diante daquela convicção.

– Se vierem atrás de mim – ele disse –, pelo amor de Deus, se vierem atrás de mim! – e se encolheu num sinistro ar meditativo.

Fiquei sentado contemplando aquelas ideias. Não consegui pensar em nada para contradizer a lógica daquele homem. Antes da invasão, ninguém questionaria minha superioridade intelectual em relação a ele – eu, escritor renomado de temas filosóficos, e ele, um soldado qualquer; ainda assim, ele já tinha analisado a situação que eu nem começara a compreender.

– Que você está fazendo? – perguntei. – Que planos você fez?

Ele hesitou.

– Bem, é assim – disse ele. – Que precisamos fazer? Temos que inventar um tipo de vida em que o homem possa viver e procriar e criar os filhos com segurança. Sim, tenha um pouco de paciência, vou deixar mais claro o que eu acho que tem que ser feito. Os domesticáveis seguirão como todos os animais domesticáveis; em algumas gerações eles serão grandes, bonitos, ricos, estúpidos… lixo! O risco é para nós, que seguiremos como selvagens, que vamos degenerar em grandes ratos bestiais… veja, a forma de vida que eu imagino é debaixo da terra. Tenho pensado nos esgotos. É claro que aqueles que não conhecem os esgotos pensam coisas horríveis; mas sob Londres há quilômetros e mais quilômetros (centenas de quilômetros) e, com a cidade vazia e alguns dias de chuva, essas tubulações estarão limpas e renovadas. Os dutos principais são grandes e arejados o suficiente para qualquer pessoa. Há, também, os porões, cofres, galpões dos quais é possível criar passagens para os esgotos. Além dos túneis de trens e metrôs. Consegue imaginar? Formamos um grupo de homens lúcidos e capazes. Não vamos recolher qualquer fracassado que estiver passando. Os fracos ficam do lado de fora.

– Você quer que eu vá junto?

– Bem, estou tentando vender a ideia, não?

– Sem dúvida. Continue.

– Queremos quem para de obedecer ordens. Mulheres também, capazes e lúcidas, mães e professoras. Nada de senhorinhas indolentes, nada de rompantes. Não podemos ter ninguém fraco ou doente. Voltamos à vida real, e os inúteis, complicados e travessos têm que morrer. Devem morrer. Precisam estar dispostos a morrer. É um tipo de deslealdade, afinal, viver e contaminar a raça. Não conseguiriam ser felizes. Além do que, morrer não é tão triste, é o medo que deixa a situação ruim. E vamos tomar todos esses lugares. Nosso distrito será Londres. Seremos até capazes de vigiar e andar na superfície quando os marcianos estiverem longe. Jogar críquete, talvez. É assim que salvaremos a raça. Entende? É possível? Mas não é só questão de salvar a raça. Como eu disse, isso é vida de rato. É aqui que entram homens como você. Que entram livros e projetos. Temos que criar áreas bem seguras nas profundezas e levar o máximo de livros que conseguirmos; não os romances e as poesias, mas ideias e livros de ciência. É aí que entram homens como você. Temos que ir ao Museu Britânico e pegar todos aqueles livros. Dar atenção especial à ciência, aprender mais. Estudar os marcianos. Alguns de nós seremos espiões. Quando tudo estiver funcionando, talvez eu seja. Capturado, quero dizer. E, o mais importante, deixemos os marcianos em paz. Não devemos nem roubar. Se atravessamos o caminho deles, damos o fora. Temos que mostrar que não representamos risco. Sim, eu sei. Mas eles são criaturas inteligentes e não nos caçarão se tiverem tudo de que precisarem e nos considerarem apenas vermes inofensivos.

O soldado de artilharia parou e colocou a mão marrom no meu braço.

– Afinal, pode ser que nem precisemos aprender tanto. Imagine isto: quatro ou cinco das máquinas de guerra deles começando a funcionar de repente, raios de calor vindos pela direita e pela esquerda e sem nenhum marciano dentro. No lugar do marciano, homens, homens que aprenderam como usá-las. Pode ser até no meu tempo de vida, esses homens. Imagine ter um daqueles equipamentos adoráveis, com o raio de calor disparando para todo lado! Imagine-se no controle! Que diferença faz se você destruísse a máquina no final, depois de um ataque assim? Acho que os marcianos abririam seus belos olhos! Não consegue imaginar, meu caro? Não consegue imaginá-los correndo, correndo, bufando, piando e assobiando para seus outros equipamentos mecânicos? Algo fora de controle em todos os casos. E swish, bang, pow, swish! Enquanto eles estão atrapalhados, SWISH, vem o raio de calor e contemplem! O homem tomou o comando de novo.

Por alguns momentos a ousadia imaginária do soldado e seu tom de segurança e coragem dominaram minha mente por completo. Acreditei sem hesitar tanto na previsão dele para o destino da humanidade quanto na aplicabilidade daquele plano espantoso; o leitor que me vir como alguém tolo e suscetível deve repensar levando em consideração todos os aspectos da visão dele sobre o tema e colocar-se no meu lugar, agachado com medo no meio dos arbustos, ouvindo aquilo tudo, distraído pela apreensão. Falamos disso de manhã, à tarde, rastejando, deixamos os arbustos e, depois de observar os céus à procura de marcianos, corremos para uma casa em Putney Hill na qual ele tinha montado sua toca. Era no depósito de carvão do lugar. Quando vi o trabalho que o ocupou por uma semana – um buraco de quase dez metros projetado para chegar até o esgoto central de Putney Hill –, comecei a ter noção do tamanho do abismo entre os sonhos e a capacidade dele. Um buraco daqueles, eu teria feito num dia. Mas acreditei nele o suficiente para trabalhar com ele naquela manhã até depois do meio-dia na escavação. Tínhamos um carrinho de mão e jogávamos a terra removida do lado do fogão na cozinha. Nós nos refrescamos com uma lata de sopa e com vinho da despensa. Curiosamente o trabalho braçal aliviou a dor que eu sentia diante da estranheza do mundo. Enquanto trabalhávamos, eu revirava o projeto dele na minha cabeça, e logo surgiram dúvidas e objeções; mas trabalhei a manhã toda, contente por ter reencontrado um propósito. Depois de uma hora de trabalho, comecei a especular a distância a ser percorrida até chegar à tubulação e a probabilidade de estarmos na direção errada. Minha dúvida inicial era o motivo de cavar aquele túnel longo se era possível entrar nos túneis por um bueiro e voltar para a casa. Pareceu-me que a casa foi a

A GUERRA DOS MUNDOS

escolha inapropriada, que demandava um túnel de extensão desnecessária. Tão logo comecei a contemplar essas ideias, o soldado parou de cavar e olhou para mim.

– Estamos trabalhando bem – ele disse. Ele colocou a pá de lado. – Vamos parar um pouco. Acho que é hora de fazermos reconhecimento do telhado.

Eu preferia continuar, e depois de alguma hesitação ele prosseguiu o trabalho; então, de repente, um pensamento me ocorreu. Parei, e na mesma hora ele parou também.

– Por que você estava andando no campo – questionei – em vez de trabalhar aqui?

– Estava tomando ar – respondeu. – Já ia voltar. À noite é mais seguro.

– E o trabalho?

– Oh, não dá para trabalhar sem parar – disse, e num instante vi o plano do homem. Ele hesitou, segurando a pá. – Temos que fazer um reconhecimento agora, porque se algum deles estiver por perto, podem ouvir as pás e nos pegar de surpresa.

Eu já não estava disposto a objetar. Fomos juntos até o telhado e ficamos em uma escada espiando pela porta do telhado. Nenhum marciano à vista, então subimos até as telhas e nos abrigamos sob o parapeito.

Daquela posição, a vegetação cobria boa parte de Putney, mas podíamos ver o rio, uma massa redonda de ervas daninhas e as partes mais baixas de Lambeth inundadas e vermelhas. A trepadeira vermelha subiu pelas árvores em volta do palácio antigo e seus galhos se espalharam magros e mortos, assentando-se com folhas murchas por entre a vegetação local. Era estranho quanto ambas as plantas eram dependentes da água corrente para se propagar. À nossa volta, nenhuma se espalhou: os laburnos, as roseiras cor-de-rosa, os arbustos bolas-de-neve e as tuias brotavam entre os louros e hortênsias, verdes e brilhantes sob a luz do sol. Depois de Kensington, uma fumaça densa subia, e a névoa azulada cobria as colinas ao norte.

O homem da artilharia começou a me falar do tipo de pessoa que ainda estaria em Londres.

– Uma noite na semana passada – disse – alguns tolos reativaram as luzes elétricas, e a Rua Regent e a Praça Circus ficaram iluminadas, lotadas de bêbados sujos e esfarrapados, homens e mulheres dançando e gritando até o amanhecer. Um homem que estava lá me contou. Quando o dia começou, perceberam uma máquina de guerra parada perto de Langham, olhando para eles. Quanto tempo fazia que ela estava lá, só Deus sabe. Isso deve ter lhes causado uma ressaca terrível. A criatura veio pela rua na direção deles e pegou quase uma centena de pessoas bêbadas demais para resistir ou fugir.

Um detalhe grotesco de uma época que nenhuma história jamais descreverá por completo!

Depois disso, para responder às minhas perguntas, ele retomou seu plano grandioso. Estava mais entusiasmado. Falou com tanto entusiasmo da possibilidade de capturar uma máquina de guerra que eu quase voltei a acreditar nele. Mas comecei a entender algumas das suas questões, podia sentir a ênfase que ele dava em não fazer nada de forma precipitada. E notei que ele deixava bem claro que ia pessoalmente capturar e operar a máquina extraordinária.

Algum tempo depois descemos até o depósito. Nenhum de nós parecia disposto a voltar a cavar, e, quando ele sugeriu fazermos uma refeição, não me opus. Do nada ele ficou muito generoso e, depois de comer, sumiu e voltou com alguns charutos ótimos. Acendemos e o otimismo dele reluziu. Ele estava inclinado a ver minha chegada como um grande acontecimento.

– Tem um pouco de champanhe no armário – disse.

– Vamos cavar melhor com este vinho do Tâmisa – retruquei.

– Não – disse ele. – Hoje você é meu convidado. Champanhe! Por Deus! Temos uma tarefa pesada à nossa frente! Vamos descansar e juntar nossas forças enquanto podemos. Veja estas mãos cheias de bolhas!

E dando continuidade à ideia de feriado, ele insistiu em jogar baralho após a refeição. Ensinou-me a canastra, e, depois de dividirmos Londres entre nós – eu fiquei com o lado norte, ele com o sul –, disputamos os bairros conforme os pontos no jogo. Por mais tolo e grotesco que isso pareça ao leitor sóbrio, é a mais pura verdade, e, o que é mais notável, achei os jogos de carta e vários outros que disputamos bem interessantes.

Como é estranha a mente do homem! Diante da possibilidade de extinção da nossa espécie ou de uma apavorante degradação, sem nenhuma clara perspectiva para nós além da chance de uma morte horrível, fomos capazes de ficar nesses jogos de azar, disputando "curingas" com vívido deleite. Depois ele me ensinou pôquer e o venci em três jogos duros de xadrez. Quando escureceu, decidimos correr o risco de acender uma luz.

Após uma série interminável de jogos, comemos, e o homem da artilharia esvaziou a garrafa de champanhe. Continuamos fumando. Ele já não era o salvador da humanidade cheio de energia que encontrei de manhã. Ainda era otimista, mas menos intenso, com otimismo calculado. Lembro-me de ele fazer um brinde à minha saúde com um discurso cheio de pausas e clichês. Peguei um charuto e fui para cima olhar as luzes que segundo ele tingiam de verde as colinas de Highgate.

Primeiro observei o vale de Londres sem direção certa. As colinas ao norte se encolhiam na escuridão, o incêndio perto de Kensington reluzia em vermelho e, de tempos em tempos, uma coluna de chamas alaranjadas brilhava e sumia na escuridão azulada da noite. Todo o restante de Londres estava escuro. Então, por perto, percebi que uma luz estranha, um brilho violeta pálido e fosforescente, tremeluzia com a brisa da noite. Fiquei algum tempo sem entender, mas logo descobri que a radiação sutil deveria vir da erva daninha. Com essa descoberta, meu senso adormecido de admiração, das proporções, despertou de novo. Meu olhar foi dali para Marte, vermelho e nítido, brilhando no alto a oeste, depois para a escuridão de Hampstead e Highgate, que contemplei com zelo e devoção.

Fiquei muito tempo no telhado, refletindo sobre as mudanças grotescas do dia. Recordei meus estados mentais, que foram das orações da meia-noite ao tolo jogo de cartas. Tive uma mudança violenta de sentimentos.

Joguei para longe o charuto como se desse um basta naquilo tudo. Percebi com exagero minha tolice. Senti-me traidor da minha esposa e da minha raça; fui tomado pelo remorso. Decidi deixar o sonhador estranho e desregrado com seus delírios de grandeza, sua bebida e gulodice e seguir para Londres – onde aparentemente eu teria mais chance de descobrir o que os marcianos e meus companheiros humanos estariam fazendo. Ainda estava no telhado quando a Lua tardia se elevou no céu.

LONDRES MORTA

Depois de me separar do soldado da artilharia, desci a colina e segui pela Rua High, passando pela ponte no sentido de Fulham. A erva daninha estava enorme naquela época e quase sufocava a ponte; mas seus galhos já começavam a se esbranquiçar em alguns trechos por causa da doença que se espalhou e logo mais a destruiria.

Na esquina da rua que vai até a estação da Ponte Putney encontrei um homem deitado. Estava coberto por um pó preto, vivo, mas imóvel e incapaz de falar de tão bêbado. Ele não me disse nada além de alguns palavrões e tentou dar alguns golpes furiosos na minha cabeça. Acho que eu teria ficado com ele se não fosse a expressão brutal em seu rosto.

Na estrada depois da ponte havia um pó preto que se adensava rumo a Fulham. Fazia um silêncio horrível nas ruas. Numa padaria consegui comida azeda, endurecida e embolorada, mas comestível. Por alguns caminhos na direção de Walham Green as ruas não estavam cobertas de pó; passei por algumas casas de cerca branca em chamas; o som do incêndio era um alívio. Seguindo na direção de Brompton, as ruas estavam em silêncio de novo.

Ali topei de novo com o pó preto nas ruas e sobre corpos mortos. Vi ao todo uma dúzia de corpos na estrada de Fulham. Estavam mortos havia vários dias, então passei rápido por eles. O pó preto os cobria e os tornava mais difíceis de distinguir. Um ou outro foi atacado por cachorros.

Nos lugares sem o pó preto, parecia um domingo qualquer na cidade, com as lojas fechadas, as casas trancadas e as persianas abaixadas, vazio e silêncio. Alguns lugares foram atacados por saqueadores, mas, em geral, isso se concentrava em mercados e lojas de vinhos. A vitrine de uma joalheria estava quebrada; contudo, pelo que a cena indicava, o ladrão foi atacado e vários relógios e correntes de ouro se espalharam na calçada. Nem me dei ao trabalho de pegá-los. Mais à frente encontrei uma mulher maltrapilha em um degrau de porta; a mão que estava sobre o joelho dela tinha um corte que sangrou sobre o vestido marrom, e uma garrafa quebrada de champanhe formou uma poça em volta dela. Parecia que ela dormia, mas estava morta.

Quanto mais eu entrava nas profundezas de Londres, maiores eram o silêncio e a calmaria. Mas não era só calmaria da morte, era calmaria de suspense e expectativa. A qualquer momento a destruição que já atingira as fronteiras a noroeste da metrópole e aniquilado Ealing e Kilburn poderia avançar sobre as casas e transformá-las em ruínas fumegantes. Era uma cidade condenada e abandonada...

Em South Kensington as ruas estavam livres da poeira preta e dos mortos. Foi perto dali que ouvi pela primeira vez um uivo. Arrastou-se pelos meus sentidos de forma quase imperceptível. Era um lamento choroso que se alternava entre duas notas, "ulla, ulla, ulla, ulla", repetindo-se sem parar. Quando passei as ruas que iam para o norte, o som aumentou e as casas e prédios pareceram entrecortá-lo e amortecê-lo. Ficou em sua máxima potência no fim de Exhibition Road. Parei, olhando para Kensington Gardens, pensando nesse lamento estranho e distante. Era como se aquele deserto incrível de casas tivesse achado uma voz para sua solidão e seus medos.

A GUERRA DOS MUNDOS

– Ulla, ulla, ulla, ulla, gemia aquela nota sobre-humana – grandes ondas de som preencheram toda a amplitude da rua iluminada pelo sol e cercada de prédios altos de ambos os lados. Virei-me para o norte, maravilhado, na direção dos portões de Hyde Park. Pensei em invadir o Museu de História Natural e subir até o topo das torres para ver o outro lado do parque. Mas decidi me manter no chão, onde era mais fácil de encontrar um esconderijo, e segui pela Exhibition Road. Todas as mansões enormes dos dois lados da rua estavam vazias e sem vida, e meus passos ecoavam contra as paredes das casas. No alto, próximo ao portão do parque, deparei com uma visão estranha, um ônibus tombado e o esqueleto de um cavalo devorado por inteiro. Fiquei intrigado com isso por algum tempo e, depois, segui para a ponte sobre Serpentine. A voz ficou mais e mais forte, mas não podia ver nada sobre os telhados das casas do lado norte do parque, salvo um pouco de fumaça a noroeste.

– Ulla, ulla, ulla, ulla – chorava a voz, vindo, ao que me parecia, do distrito em volta de Regent's Park. O som desolador se infiltrou na minha cabeça. O ânimo que eu tinha se exauriu. O lamento me possuiu. Senti intenso esgotamento, dor nos pés, fome e sede.

Já passava de meio-dia. Por que eu vagava sozinho nesta cidade dos mortos? Por que eu estava sozinho enquanto toda a Londres jazia sob sua negra mortalha? Eu me sentia intoleravelmente solitário. Minha mente pensou nos velhos amigos em quem não pensei por muitos anos. Pensei nos venenos nas farmácias, nas bebidas estocadas em adegas; lembrei-me das duas criaturas tomadas pelo desespero que, até onde eu sabia, compartilhavam a cidade comigo...

Entrei na Rua Oxford pelo Marble Arch e, ali, de novo, estavam o pó preto, vários corpos e um cheiro maligno e ameaçador vindo das grades dos porões de algumas casas. Fiquei com muita sede depois do calor na minha caminhada longa. Com muita dificuldade consegui entrar em um bar e encontrar comida e bebida. Fiquei cansado depois de comer, fui ao salão atrás do bar e dormi num sofá de crina de cavalo que encontrei lá.

Acordei com aquele uivo triste ainda nos meus ouvidos.

– Ulla, ulla, ulla, ulla.

Já estava escuro. Recolhi alguns biscoitos e queijos no bar (havia um armário de carnes, mas ele só continha larvas), vaguei pelas quadras residenciais silenciosas de Baker Street – Portman Square é o único nome que consigo me lembrar – e, por fim, cheguei ao Regent's Park. Assim que emergi do topo da Baker Street, vi, bem depois das árvores sob a claridade do pôr do sol, o capacete de um marciano gigante de onde vinham os uivos. Não fiquei aterrorizado. Para mim ele era matéria corriqueira. Observei-o por algum tempo, mas ele não se moveu. Parecia que estava de pé, gritando sem um motivo que eu pudesse descobrir.

Tentei formular um plano de ação. Aquele som perpétuo de "ulla, ulla, ulla, ulla" confundia a minha mente. Talvez eu estivesse muito cansado para sentir medo. Certamente eu estava mais curioso para saber o motivo daquele choro monótono do que com medo. Virei de costas para o parque e atravessei a Park Road na intenção de fazer a orla do parque, continuei caminhando sob a cobertura dos terraços e consegui visão melhor do marciano uivante parado na direção de St. John's Wood. Uns duzentos metros depois da Baker Street ouvi um coro de latidos, primeiro um cão com um pedaço de carne vermelha podre vindo na minha direção, depois uma matilha de vira-latas famintos perseguindo-o. Ele deu uma volta para me evitar, como se temesse que eu quisesse o pedaço de carne. Assim que os latidos sumiram no fim da rua, o som choroso de "ulla, ulla, ulla, ulla" ficou mais dominante.

Cheguei até a máquina de manipulação quebrada no meio do caminho para a estação St. John's Wood. A princípio achei que uma casa havia desmoronado na estrada. Só quando escalei entre as ruínas que vi, com muita surpresa, um Sansão mecânico caído, com os tentáculos dobrados, esmagados e retorcidos entre as ruínas que tinha causado. A parte da frente estava esmagada. Era como se ele tivesse colidido às cegas com a casa e destruído a si mesmo com os escombros. Pareceu-me que o marciano

A GUERRA DOS MUNDOS

perdera o controle da máquina de manipulação. Eu não podia escalar as ruínas para ver, e a noite tinha escurecido tanto que o sangue que ensopava a parte traseira do marciano e sua cartilagem roída deixada para trás pelos cachorros o deixavam invisível para mim.

Pensando ainda mais no que eu tinha visto, avancei em direção a Primrose Hill. Distante, no vão entre as árvores, vi o segundo marciano, tão imóvel quanto o primeiro, silencioso, de pé no parque na direção do jardim zoológico. Um pouco depois das ruínas em volta da máquina de manipulação esmagada topei de novo com a erva daninha e encontrei o Regent's Canal tomado por uma massa esponjosa de vegetação vermelho-escura.

Conforme cruzei a ponte, o som de "ulla, ulla, ulla, ulla" parou. Era como se tivesse sido cortado. O silêncio veio como um trovão.

As casas escuras à minha volta ficaram quase invisíveis, engolidas pela escuridão, e também as árvores na direção do parque se tornaram massas negras. Em todo o entorno a erva daninha subia contorcendo-se pelas ruínas para ficar sobre mim na penumbra. A noite, mãe do medo e dos mistérios, chegava até mim. Mas, enquanto aquela voz soava a solidão, a desolação era suportável; em virtude disso, Londres ainda parecia viva, e o senso de vida sobre mim me sustentara. De repente, uma mudança, a passagem de algo, não sabia o que, e o começo de uma calmaria que podia ser sentida. Nada além desse silêncio sombrio.

Londres ao redor tinha brilho espectral. As janelas das casas brancas eram como órbitas oculares de caveira. À minha volta, minha imaginação criava centenas de inimigos silenciosos em movimento. O terror me possuiu, o horror da minha temeridade. À minha frente a rua ficou tão escura que parecia piche, e eu vi uma forma retorcida caída na calçada. Não consegui prosseguir. Desci a St. John's Wood Road e corri na calmaria insuportável rumo a Kilburn. Escondi-me da noite e do silêncio até logo depois da meia-noite em uma parada de cabriolés na Harrow Road. Mas antes do amanhecer minha coragem voltou e, com as estrelas paradas no céu, caminhei mais uma vez na direção do Regent's Park. Perdi-me entre as ruas e logo vi, no fim de longa avenida, na meia-luz do amanhecer, a curva de Primrose Hill. No cume, despontando entre as estrelas que se apagavam, estava um terceiro marciano, ereto e imóvel como os outros.

Uma determinação insana me possuiu. Ia morrer e acabar com tudo. E poupar o trabalho de me matar. Marchei sem medir as consequências rumo àquele titã e, então, conforme me aproximava e a luz aumentava, vi que um bando de pássaros se amontoava em volta do capacete. Meu coração disparou e comecei a correr pela estrada.

Corri no meio da erva daninha que sufocava St. Edmund's Terrace (andei com água até o peito no meio da corrente despejada dos dutos na direção de Albert Road) e saí em um gramado antes do nascer do sol. Morros enormes tinham se formado em volta do pico da colina transformando-a em reduto – foi o último e o maior lugar que os marcianos abalaram –, e por trás desses montes subia uma fumaça fina contra o céu. No horizonte, um cachorro inquieto correu e desapareceu. O pensamento que tinha surgido na minha mente se tornou mais real, mais crível. Não tive medo, só um sentimento selvagem, uma tremedeira de emoção, enquanto corria até o monstro imóvel. No alto do capacete havia pedaços moles de tiras marrons que os pássaros famintos bicaram e destruíram.

Em um instante tinha subido a muralha de terra e estava na borda, com o interior do reduto abaixo de mim. Um espaço grandioso, com máquinas gigantes aqui e ali em volta de montes enormes de material e de estranhos abrigos. Espalhados ao redor daquilo, alguns em máquinas de guerra derrubadas, alguns em máquinas de manipulação paralisadas, e uma dúzia deles rígidos em silêncio e deitados em fila, estavam os marcianos... MORTOS! Massacrados por uma doença bacteriana pútrida contra a qual o sistema deles não estava preparado; exterminados da mesma forma que a erva daninha estava sendo exterminada; exterminados, mesmo depois de todos os equipamentos humanos terem falhado, por um dos seres mais humildes que Deus, em sua sabedoria, pôs na Terra.

A GUERRA DOS MUNDOS

Por fim aconteceu, como de fato eu e muitos homens deveríamos ter previsto se o terror e o desastre não nos tivessem cegado a mente. Essas doenças causadas por germes foram a desgraça da humanidade desde o começo dos tempos, castigaram nossos ancestrais pré-humanos desde o início da vida aqui. Mas, pela virtude da seleção natural, nossa espécie desenvolveu poder de resistência, e não sucumbimos a nenhum germe sem brigar, e, em muitos casos, como daqueles organismos que fazem a carne morta apodrecer, nossa estrutura é completamente imune. Mas não há bactérias em Marte, e, assim que esses invasores chegaram, assim que beberam e se alimentaram, nossos aliados microscópicos começaram a trabalhar para derrotá-los. Quando eu os vi, o destino deles já estava traçado, eles estavam morrendo e apodrecendo mesmo indo de um lado a outro. Era inevitável. Pagando o preço de um bilhão de mortes o homem garantiu seu direito de nascença sobre a Terra, que já era dele antes de qualquer outro recém-chegado, e ainda seria dele se os marcianos fossem dez vezes mais poderosos do que são. Pois os homens não vivem nem morrem em vão.

Estavam espalhados aqui e ali, quase cinquenta ao todo, naquele golfo enorme que construíram, derrotados por uma morte que deve lhes ter parecido incompreensível, como toda morte o é. Também para mim aquela morte era incompreensível. Tudo que eu sabia é que aquelas coisas que quando vivas foram tão terríveis para os homens estavam mortas. Por um momento acreditei que a destruição de Senaqueribe se repetiu, que Deus se arrependera e o Anjo da Morte os matou durante a noite.

Fiquei lá olhando para o poço, com meu coração iluminado e glorioso, mesmo enquanto o sol nascente incendiava o mundo à minha volta com seus raios. O poço ainda estava escuro, as máquinas fantásticas, tão grandiosas e maravilhosas em seus poderes e complexidade, tão diferentes de qualquer coisa terrena nas suas formas tortuosas, surgiram das sombras de forma estranha e vaga sob a luz. Um bando de cães, eu podia ouvir, brigava pelos corpos jogados na escuridão das profundezas do poço, muito abaixo de mim. Do outro lado, na borda mais distante do poço, achatada e imensa estava a máquina voadora grandiosa que estavam testando na nossa atmosfera mais densa quando a morte e o apodrecimento os capturaram. A morte não chegou cedo demais. Diante do som de um grasnado no alto, olhei a máquina de guerra imensa que nunca mais lutaria, olhei os pedaços de carne vermelha pendurados em sua parte traseira no topo de Primrose Hill. Virei-me e olhei a ladeira da colina onde, agora encobertos por pássaros, estavam os outros dois marcianos que vi na noite anterior, logo quando a morte se abatera sobre eles. Aquele que morreu, enquanto chorava chamando seus companheiros; talvez tenha sido o último a morrer e sua voz ecoou sem parar até a energia do seu maquinário se exaurir. Reluziam, tripés inofensivos como torres de metal reluzente, sob o brilho do sol nascente.

No entorno do poço, salva da destruição permanente por milagre, espalhava-se a metrópole grandiosa. Aqueles que só viram Londres encoberta pelo véu de neblina mal podem imaginar a beleza nua e bem delineada do deserto silencioso de casas.

Ao leste, sobre as ruínas enegrecidas de Albert Terrace e o pináculo partido da igreja, o sol brilhou estonteante no céu limpo e, aqui e ali, em alguns ângulos daquele imenso deserto de telhados, a luz refletia e brilhava com branca intensidade.

Ao norte estavam Kilburn e Hampsted, azuis e abarrotadas de casas; a oeste a grande cidade estava escura, e ao sul, além do lugar onde estavam os marcianos, as ondas verdes de Regent's Park, o Hotel Langham, o domo do Albert Hall, o Instituto Imperial e as mansões gigantes de Brompton Road ficaram iluminados e bem desenhados com o nascer do sol, e as ruínas irregulares de Westminster surgiram sob a névoa do horizonte. Bem longe e azuladas, as colinas de Surrey e as torres do Palácio de Cristal reluziram como dois bastões prateados. O domo da igreja St. Paul estava escuro contra o amanhecer e destruído, notei pela primeira vez, com uma cavidade grande no seu lado oeste.

Enquanto olhava para essa larga dimensão de casas, fábricas e igrejas, silenciosas e abandonadas, pensei na infinidade de esperanças e esforços, nas inumeráveis tropas de vidas que foram necessárias para construir este recife humano, e na veloz e implacável destruição que pairou sobre tudo; quando percebi que a sombra tinha se afastado e que os homens ainda poderiam viver nas ruas, que esta cidade vasta e morta, a minha cidade querida estava novamente viva e poderosa, senti uma onda de emoção que quase me levou às lágrimas.

A tormenta tinha acabado. Naquele mesmo dia a cura se iniciaria. Os sobreviventes espalhados pelo país, sem líderes, sem lei, sem comida, como ovelhas sem pastor, os milhares que fugiram pelo mar, começariam a retornar; a pulsação da vida ficaria mais e mais forte, soaria de novo nas ruas vazias e se espalharia pelas quadras desocupadas. Onde quer que houvesse destruição, lá estava a mão do destruidor. Em todos os destroços, na grama brilhante da colina, esqueletos queimados das casas surgiam tristemente diante da grama brilhante da colina, e logo os restauradores fariam ecoar o som de seus martelos e espátulas. Com esse pensamento, levantei as mãos aos céus e agradeci a Deus. Daqui a um ano, pensei, daqui a um ano...

Com força avassaladora pensei em mim, na minha esposa, na vida antiga de terna esperança que cessara para sempre.

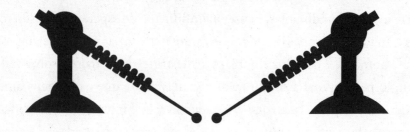

OS ESCOMBROS

E agora vem a parte mais estranha da minha história. Mesmo assim, talvez não seja de todo estranha. Lembro com clareza, frieza e vivacidade tudo que fiz naquele dia até o momento em que fiquei de pé, no cume de Primrose Hill, chorando e agradecendo a Deus. O que aconteceu depois disso, esqueci.

Dos três dias seguintes não me lembro de nada. Soube depois que, tanto quanto eu, vários outros andarilhos foram os primeiros a descobrir a derrota dos marcianos na noite anterior. Um homem, o primeiro, fora a St. Martin's-le-Grand; e, enquanto eu estava no abrigo de cabriolés, consegui enviar um telegrama para Paris. Assim, as boas notícias se espalharam por todo o mundo; mil cidades, paralisadas pela sombria apreensão, de imediato brilharam em frenesi. No instante em que eu estava na beirada do poço, a notícia chegava a Dublin, Edimburgo, Manchester e Birmingham. Pelo que ouvi, sem demora homens que choravam de alegria, gritavam e cumprimentavam uns aos outros com entusiasmo, pegavam trem até para lugares próximos como Crewe a fim de descer em Londres. Os sinos das igrejas, que pararam de soar quinze dias antes, voltaram a bater assim que chegaram as notícias, e de repente em toda a Inglaterra se ouviam os sinos. Ao longo das rodovias homens de bicicleta, de rosto magro, desleixados, chamuscados, bradavam gritos de libertação, libertação inesperada, gritavam para as figuras esqueléticas de olhos escancarados de desespero. E a comida! Do outro lado do canal, do outro lado do mar irlandês, do outro lado do Atlântico, milho, pão e carne eram enviados para nos ajudar. Todos os navios do mundo pareciam tomar a direção de Londres naqueles dias. Mas não me lembro de nada disso. Vaguei como louco. Dei por mim na casa de pessoas gentis que me encontraram depois do terceiro dia a chorar delirantemente pelas ruas de St. John's Wood. Disseram-me depois que eu estava cantando versos desconexos sobre "o último homem vivo! O último homem vivo!". Ainda que estivessem ocupadas com seus problemas, essas pessoas, cujo nome não mencionarei aqui por mais que eu queira expressar-lhes minha gratidão, essas pessoas tomaram conta de mim, abrigaram-me e me protegeram de mim mesmo. Ao que tudo indica elas descobriram um pouco da minha história durante meu lapso de memória.

Quando recuperei a sanidade, elas me contaram, com a maior gentileza possível, o que descobriram da fatalidade que se abateu sobre Leatherhead. Dois dias depois que fui aprisionado, a cidade foi destruída, junto com todas as almas dentro dela, por um marciano. Ele varreu as pessoas da existência, ao que tudo indica sem que ninguém o provocasse, como um garoto que esmagasse um formigueiro por puro caprichoso licencioso.

Eu era um homem solitário e elas foram muito gentis comigo. Estava solitário e triste, e elas me aturaram. Passei quatro dias com elas até me recuperar. Todo esse período é uma vaga lembrança, e o desejo ardente de procurar novamente por qualquer coisa que restasse da minha vidinha que parecia tão feliz e brilhante no passado. Era vontade tola de festejar a minha infelicidade. Elas me dissuadiram. Fizeram tudo que puderam para me desviar dessa morbidade. Mas, no fim, já não conseguia resistir ao impulso, e prometendo-lhes lealmente que voltaria para visitá-los, ao me separar, como confessarei, desses amigos de quatro dias com lágrimas nos olhos, segui de novo pelas ruas antes tão escuras, estranhas e vazias.

Elas já estavam lotadas com a volta das pessoas; em alguns lugares havia lojas abertas, e vi um chafariz jorrar água.

Lembro que o dia estava ironicamente brilhante enquanto eu seguia em minha peregrinação melancólica para a minha casinha em Woking, que as ruas estavam vívidas com o movimento ao redor. Tantas pessoas por todos os lados, ocupadas com milhares de atividades, que não parecia crível que uma boa parte da população tinha sido massacrada. Mas, então, notei que a pele das pessoas que encontrava era amarelada, o cabelo dos homens mal cortado, os olhos brilhantes e arregalados; metade ainda vestia trapos sujos. Os rostos tinham duas expressões apenas, ou de alegria e energia incontroláveis ou de determinação sinistra. Salvo por essas expressões faciais, Londres parecia uma cidade de vagabundos. Os padres distribuíam pães enviados pelo governo francês. Costelas de cavalos apareciam tristemente salientes. Policiais de distintivo branco e fisionomia abatida eram encontrados em todas as esquinas. Vi pouco da destruição causada pelos marcianos até chegar à Wellington Street, onde a erva daninha subia pelos pilares da Ponte Waterloo.

No canto da ponte um dos contrastes comuns daquele tempo grotesco alardeava a si próprio: uma folha de papel presa com adesivo no emaranhado da erva daninha. Era um anúncio do primeiro jornal que voltou a circular, o *Daily Mail*. Comprei um exemplar com uma moeda suja que achei no bolso. A maior parte estava em branco, mas o editor solitário que montou a publicação se divertiu fazendo um esquema grotesco de anúncios gráficos na última página. A matéria que ele imprimiu era emotiva; as agências de notícias ainda não haviam retomado as atividades. Não descobri nada de novo, exceto que em uma semana a análise dos mecanismos dos marcianos rendera resultados impressionantes. Entre outras coisas, o artigo garantia algo que eu não acreditei na época: os "segredos do voo" foram desvendados. Em Waterloo encontrei trens gratuitos que

A GUERRA DOS MUNDOS

levavam as pessoas para casa. A primeira leva já tinha partido. Havia poucas pessoas no trem, e eu não estava a fim de bater papo. Arrumei uma cabine e sentei de braços cruzados, olhando da janela com tristeza a devastação iluminada pelo sol. E logo na saída do terminal o trem disparou sobre trilhos improvisados e, dos dois lados da ferrovia, as casas eram ruínas queimadas. Até a junção de Clapham, o visual de Londres era sinistro, coberto de pó da fumaça preta, mesmo depois de dois dias de chuvas e tempestades; e na junção de Clapham a via estava quebrada; havia centenas de escriturários e vendedores desempregados trabalhando lado a lado com os operários, e logo seguimos por um trilho instável.

Daquele ponto em diante o trajeto todo era triste e estranho; Wimbledon, em especial, fora duramente atacado. Walton, graças aos seus pinheiros intactos, parecia ser o lugar menos atingido. Os rios Wandle, Mole e todos os demais cursos de água estavam tomados por montes de erva daninha, o que lhes dava aparência entre carne de açougue e repolho em conserva. O pinhal de Surrey estava muito seco, mas por causa da infestação da trepadeira vermelha. Depois de Wimbledon, ainda no campo de visão no horizonte, em alguns campos havia montanhas de terra revolta em torno do sexto cilindro. Várias pessoas se aglomeraram em volta daquilo, e alguns sapadores trabalhavam. Sobre o monte tremulava a bandeira britânica, balançando alegre com a brisa da manhã. Os viveiros estavam vermelhos por causa da erva daninha, uma expansão de cores lívidas entrecortadas com sombras roxas que chegavam a doer os olhos. Deixar para trás os campos cinzentos chamuscados e taciturnamente recobertos de vermelho e poder contemplar ao leste o plácido cenário de grama verde-azulada das colinas era um alívio infinito.

No lado londrino da estação de Woking, a linha férrea ainda estava sob reparo, então desci na estação de Byfleet, peguei a estrada para Maybury e passei pelo lugar em que eu e o soldado da artilharia falamos com os batedores da cavalaria e pelo lugar em que o marciano apareceu diante de mim na tempestade. Ali, movido pela curiosidade, tentei achar no emaranhado da vegetação vermelha o carrinho de cachorro quebrado e retorcido e os ossos esbranquiçados do cavalo espalhados e roídos. Por algum tempo fiquei ali admirando aqueles vestígios...

Voltei pelo pinhal, com erva daninha até o pescoço em um ponto ou outro, para descobrir que o dono do bar Spotted Dog já fora enterrado e, por fim, cheguei à minha casa passando pela College Arms. Um homem parado na porta de um chalé me chamou pelo nome e me cumprimentou.

Olhei para a minha casa com rápida onda de esperança, que se esvaiu de imediato. A porta tinha sido forçada, estava encostada e se abriu lentamente conforme me aproximei.

Bateu com força de novo. As cortinas do meu escritório esvoaçaram para fora da janela aberta pela qual e eu o soldado assistimos ao amanhecer. Ninguém a fechou desde então. Os arbustos esmagados estavam como os deixei havia quase quatro semanas. Cambaleei pela sala, a casa parecia vazia. O carpete da escada estava enrugado e desbotado no lugar em que me agachei ensopado até os ossos por causa da tempestade da noite da catástrofe. Vi nossas pegadas lamacentas quando subi pelas escadas.

Seguindo-as cheguei ao escritório e, na minha escrivaninha, debaixo do mesmo peso de papel de selenita, encontrei a página do trabalho que ali deixei na tarde em que o cilindro se abriu. Por algum tempo li meus argumentos abandonados. Era um texto sobre o provável desenvolvimento dos conceitos morais ante o desenvolvimento do processo civilizatório; a última frase era o início de uma profecia: "Daqui a duzentos anos", escrevera, "podemos esperar...". A frase fora interrompida abruptamente. Recordei que fui incapaz de focar a mente naquela manhã, nem um mês atrás; que parei o que estava fazendo para pegar meu exemplar do *Daily Chronicle* com o jornaleiro; que fui encontrá-lo no portão; que escutei sua estranha história sobre os "homens de Marte".

Desci e fui até a sala de jantar. Lá estavam a carne de carneiro e o pão, ambos apodrecidos, e a garrafa caída de cerveja, da mesma forma como eu e o soldado os deixamos. Minha casa era desoladora. Percebi a tolice da vã esperança que alimentei por tanto tempo. E, então, algo estranho aconteceu.

– Não adianta – disse a voz. – A casa está vazia. Ninguém esteve aqui nestes últimos dez dias. Não fique aqui só para aumentar seu sofrimento. Ninguém sobreviveu, só você.

Fiquei chocado. Dissera em voz alta o que estava pensando? Virei-me, e a janela de batente estava aberta atrás de mim. Dei um passo até ela e fiquei olhando.

E lá, impressionados e assustados, da mesma forma que eu estava impressionado e assustado, estavam meu primo e minha esposa, minha esposa pálida e com os olhos secos. Ela soltou um lamento abafado.

– Eu vim – disse ela. – Eu sabia... Eu sabia...

Ela colocou a mão na garganta... cambaleou. Dei um passo para a frente e a peguei nos meus braços.

EPÍLOGO

Só posso lamentar, agora que estou terminando a minha história, de quão pouco fui capaz de contribuir para a discussão das várias questões ainda não resolvidas. De um lado devo ter provocado certo espírito crítico. Meu domínio é a filosofia especulativa. Meu conhecimento de fisiologia comparada é limitado a um livro ou dois, mas me parece que as hipóteses de Carver sobre o motivo da morte rápida dos marcianos é tão provável que pode ser considerada quase uma conclusão definitiva. Presumi isso na minha narrativa.

De qualquer modo, em nenhum corpo de marciano examinado depois da guerra, nenhuma bactéria diferente foi encontrada, exceto as espécies terrestres conhecidas. O fato de eles não enterrarem seus mortos e o massacre desordenado que causaram apontam para uma ignorância completa do processo de putrefação. Por mais provável que seja a conclusão, porém, ela carece por completo de provas.

A composição da fumaça preta, usada pelos marcianos com efeito mortal, permanece tão desconhecida quanto um verdadeiro quebra-cabeça continua sendo o gerador de raios de calor. Os desastres terríveis nos laboratórios de Ealing e South Kensington desestimularam os analistas a prosseguir com as investigações. A análise espectrográfica da fumaça preta aponta, sem dúvida, para a presença de um elemento com um grupo brilhante de três linhas em verde, e é possível que se combine com o argônio para formar um composto de efeito mortal sobre alguns componentes do sangue. Mas tais especulações não comprovadas são de pouco interesse do leitor comum, a quem esta história é endereçada. A espuma marrom que flutuou sobre oTâmisa depois da destruição de Shepperton não foi analisada na época e agora já não existe.

Os resultados dos exames anatômicos dos marcianos, pelo menos o exame do que sobrou do ataque dos cães famintos, já relatei. Mas agora todos estão familiarizados com o espécime quase completo empalhado no Museu de História Natural e com os incontáveis desenhos feitos com base nele; mais que isso, qualquer interesse na fisiologia deles serve apenas aos fins puramente científicos.

A questão mais grave e de interesse universal é a possibilidade de outro ataque dos marcianos. Não acho que foi dada atenção suficiente a esse aspecto do tema. No momento o planeta Marte está em conjunção com a Terra, mas a cada volta em que ambos ficam em oposição eu, por exemplo, prevejo nova expedição. Em todo caso, deveríamos estar preparados. Penso que deveria ser possível definir a posição da arma da qual os tiros foram disparados para manter vigília permanente nessa parte do planeta e antecipar o próximo ataque.

Nesse caso, o cilindro deveria ser destruído com explosivos ou artilharia antes de resfriar o suficiente para facilitar a saída dos marcianos, ou eles poderiam ser executados com as nossas armas assim que a tampa se abrisse. Acho que eles perderam sua maior vantagem quando falharam no primeiro ataque-surpresa. É possível que enxerguem sob a mesma luz.

Lessing elaborou uma tese excelente segundo a qual os marcianos foram bem-sucedidos ao pousar no planeta Vênus. Meses atrás, Vênus e Marte estavam alinhados com o Sol; ou seja, Marte estava em oposição do ponto vista do observador em Vênus. Logo depois, uma marca luminosa e sinuosa peculiar apareceu na metade não iluminada do planeta no meio do alinhamento, e, quase ao mesmo tempo, uma marca escura tênue de caráter sinuoso semelhante foi detectada em uma fotografia do disco marciano. É preciso ver os desenhos esquemáticos dessas aparições para apreciar por completo a semelhança impressionante.

De qualquer forma, esperando ou não outra invasão, nossa visão do futuro da humanidade precisa ser amplamente modificada por esses acontecimentos. Aprendemos que não se deve achar que este planeta é lugar protegido e seguro para o homem; não podemos prever o bem ou o mal que virá do espaço e de repente recairá sobre nós. É possível que, dada a vasta complexidade do universo, essa invasão marciana tenha trazido alguns benefícios para a humanidade; ela nos roubou a serena confiança no futuro, a qual é a mais frutífera fonte da decadência; os avanços que trouxe à ciência humana são enormes e muito contribuiu para promover a concepção do bem comum. Pode ser que pela imensidão do espaço os marcianos tenham assistido ao destino de seus pioneiros, aprenderam uma lição e graças a ela encontraram uma base mais segura em Vênus. Seja como for, por muitos anos não cessará a análise constante do disco marciano e daqueles dardos de fogo no céu, e as estrelas cadentes serão acompanhadas com apreensão inevitável por todos os filhos dos homens.

A resultante ampliação da visão humana não pode ser subestimada. Antes de o cilindro cair havia o entendimento comum de que em toda a profundeza do espaço não existia vida além da superfície irrelevante da nossa esfera minúscula. Agora enxergamos além. Se os marcianos podem pousar em Vênus, não há motivos para supor que isso é impossível para o homem, e, quando o lento resfriamento do Sol deixar a Terra inabitável, o que não se poderá evitar, o fio da vida iniciado aqui terá percorrido o céu e pregado uma armadilha ao nosso planeta vizinho.

Triste e maravilhosa é a visão conjurada na minha mente da vida se espalhando lentamente deste pequeno berçário no sistema solar por toda a vastidão do espaço sideral. Mas este é sonho distante. Pode ser, por outro lado, que a destruição dos marcianos seja apenas um contratempo. Para eles, e não para nós, talvez, o futuro esteja reservado.

Tenho de confessar que o estresse e o perigo dessa época deixaram na minha mente a sensação duradoura de dúvida e insegurança. Sento no meu escritório para escrever sob a lamparina e, de repente, vejo de novo o vale, que ainda se recupera, envolto em chamas, e sinto a casa atrás de mim e ao redor vazia e desolada. Saio para a estrada de Byfleet, passam por mim os veículos, o garoto do açougue num carrinho de mão, um cabriolé com passageiros, um trabalhador de bicicleta, uma criança indo para a escola, e, de repente, eles se tornam vagos e irreais, e eu fujo de novo com o soldado da artilharia em meio ao silêncio quente e triste. À noite vejo o pó preto escurecendo as ruas silenciosas e os corpos retorcidos cobertos por uma camada daquilo; eles se levantam, apodrecidos e roídos pelos cães. Gaguejam e se tornam mais ferozes, mais pálidos, mais feios, distorções loucas da humanidade até que, por fim, eu acordo, com frio e exausto na escuridão da noite.

Vou para Londres e vejo as multidões agitadas na Fleet Street e na Strand, e na minha cabeça vem a ideia de que eles não passam de fantasmas do passado, assombrando as ruas que eu vi naquele silêncio infinito, indo e voltando, fantasmas em uma cidade morta, uma imitação da vida em corpos galvanizados. É estranho, também, ficar de pé em Primrose Hill, como fiz um dia antes de escrever este último capítulo, para ver as casas da grande província, tristes e azuis no meio da cortina de fumaça e da neblina, desaparecendo ao longe no horizonte vago e distante; é estranho ver as pessoas andando de um lado a outro entre as floreiras na colina, os turistas em volta da máquina marciana que continua lá, ouvir o tumulto de crianças brincando e me lembrar do tempo que eu via tudo isso luminoso e bem desenhado, rígido e silencioso, sob o amanhecer do último grande dia...

E o mais estranho de tudo é segurar a mão da minha esposa de novo e pensar que tive certeza, assim como ela em relação a mim, de que ela estava entre os mortos.